Echte Liebe

Till henne som sprang före.

Mickel Grönroos

Echte Liebe

© 2024 Mickel Grönroos

Förlag: BoD – Books on Demand, Stockholm, Sverige
Tryck: BoD – Books on Demand, Norderstedt, Tyskland

ISBN: 978-91-8057-649-9

Alla karaktärer, händelser och platser i denna bok är frukten av författarens fantasi. Eventuella likheter med verkliga personer, levande, döda eller mitt emellan, samt verkliga platser eller händelser är helt och hållet en slump. Om du ändå känner igen dig själv, *stark tobak*, men det är ändå en slump.

"You think it matters to the kids whether they're learning to play on a Steinway or a normal piano?"

— Malcolm Gladwell

SÖNDAG

1

Niklas drog igen dörren och låste. Det var förvisso onödigt, men vissa vanor var svåra att bryta för en man som var uppvuxen i stan. Trots att han redan hade tillbringat tre långa sommarmånader på landet låste han alltid om sig när han gick in.

Johanna hade åkt dagen innan, på lördag förmiddag. Hon ville hinna hem till Stockholm för att tvätta, handla och sortera posten innan det var dags att åka till kontoret på måndag morgon. Dessutom tyckte hon om att åka buss ensam, trots att resan tog åtta timmar inklusive paus på macken i Ringarum. Tydligen fanns det många poddar som hon kunde underhålla sig med.

Niklas döttrar hade bestämt sig för att stanna kvar till söndag för att hinna sola och bada ytterligare en dag. Men nu hade de också packat ihop och startat norrut i den lilla bilen för att göra en alldeles egen roadtrip. Eftersom de båda hade körkort numera så kunde de byta av halvvägs och åka hela vägen i stället för att stanna över natten hos sin moster i Norrköping. Klockan var ju bara tio så de skulle hinna hem till sig i Uppsala i god tid före skymning trots att kvällarna var så mycket kortare nu än de hade varit i juni.

Det var när han hade stått på farstutrappan och vinkat av flickorna som det hade slagit honom. Han hade blivit den där mannen som stannar kvar på sommarstugan sist av alla. Han som blir allt mindre i backspegeln när man åker därifrån.

Niklas hade blivit sin pappa.

2

Det hade varit en varm sommar. Inte som sommaren 2018 då gräset hade varit brunbränt redan vid midsommar. Men bonden på andra sidan landsvägen hade inte fått rätt, fastän han hade varit orolig när Niklas hade pratat med honom under nationaldagshelgen. Fodermajsen hade växt sig stor på åkrarna och korna hade tillräckligt med bete i markerna. Vattnet hade inte sinat i brunnarna.

Juni hade blivit juli. Semesterfirarna hade kommit till ön med husvagnar och lådvin. Grillar hade tänts, trots att salsiccakorvarna, padronpaprikan och den färdigmarinerade kycklinglårfilén snabbt hade tagit slut i affären. Det blev kö till de laddstolpar som fungerade. Det blev kö på minigolfen. Det var lönlöst att åka till Systembolaget, för att inte tala om surdegsbageriet. Folk hade slutat hälsa på varann. De flesta gick runt och verkade irriterade. Kiosken vid parkeringen vid badstranden hade öppnat och sommarjobbarna hade lyckats sälja många glassar för femtio kronor struten. Vid bryggan i viken hade termometern visat 23 grader, i alla fall de dagar när vinden drev in det varma ytvattnet mot kusten. På åkern hade någon ställt upp en foodtruck och börjat sälja papptallrikar med mat för 179 kronor portionen. Det hade varit strykande åtgång. Kanske var det Pad Thai som lockade. Eller rosévinet. Niklas visste inte så noga.

Sen kom augusti. Värmen höll i sig, men det var varken hett nog om dagarna, eller sent nog på sommaren, för att det skulle bli åska om kvällarna än. De tillfälliga tältvaruhusen längs med landsvägen hade satt upp sina slitna reaskyltar. Förrförra årets märkeshoodies skulle säljas med upp till sjuttio procents rabatt. Förhoppningsvis skulle även de alltför små och alltför stora storlekarna gå åt innan det var dags att packa ner alltihopa igen och stuva upp textilierna på vinden i diverse lador runt omkring på ön i väntan på nästa sommar.

Niklas hade köpt en keps redan i juli. Den var svart med tryck, latitud och longitud till fyren på öns norra udde. Han borde ha väntat för nu hade han ju kunnat få en för halva priset.

Med augusti blev även tyskarna märkbart fler till antalet samtidigt som fastlandssvenskarna blev färre. Eller så var det bara förhållandet tysk mot svensk som tippade över till tyskarnas fördel. Niklas var inte säker.

Slutligen kom den tredje veckan i augusti och det var åter tomt på ön.

Vemodsveckan.

3

– Vad ska vi göra nu då? sa Niklas när han inte längre kunde se bilen med döttrarna genom det lilla fönsterglaset i dörren. Våfflan tittade på honom. Det var tydligt att hon också tyckte det var märkligt att det bara var hon och husse i huset.
Niklas gick till badrummet. Våfflan följde efter.
Niklas gick till köket. Våfflan följde efter.
Niklas gick ut på altanen. Våfflan följde efter.

Till sist gick Niklas tillbaka till hallen och plockade fram halsbandet och kopplet. Våfflan grävde fram tennisbollen ur korgen på golvet.

Tydligen skulle de gå ut.

*

Nere vid sjöbodarna var det varmt. Det var bleke på havet. Vindmöllorna längre ut stod stilla. Inga fraktfartyg syntes till vid horisonten. Ingen idé att kolla MarineTraffic med andra ord, tänkte Niklas.

Men var är alla måsar?

Niklas kastade bollen i havet. Det var långgrunt och Våfflan tog höga skutt i det grunda vattnet för att hämta bollen. Trots att hon fick simma den sista biten var hon tillbaka på mindre än trettio sekunder.

Niklas kastade bollen i havet en gång till. Våfflan skuttade och simmade ut och hämtade den en gång till.

De fortsatte så i ytterligare en kvart tills Niklas tröttnade och gick och satte sig på en planka som någon hade lagt på ett par stora stenar för att bygga en enkel bänk. Niklas plockade fram telefonen och öppnade Twitter, men han hittade inget nytt av intresse att läsa. Han öppnade Avanza-appen och skrollade igenom bevakningslistan. Aktiekurserna i Byggmax och Ericsson låg kvar på ungefär samma nivå som dagen innan. Sen kom han på att det var naturligt, för det var ju söndag.

Han funderade ett tag på att snappa en bild på hunden till döttrarna, men ångrade sig sedan och stoppade ner telefonen i fickan igen.

– Jaha du Våfflan, sa han och steg upp.

Det var lågvatten och kanadagässen som brukade hålla till på revet hade flugit någon annanstans.

Våfflan och Niklas gick ut på den torrlagda havsbottnen. Längst ut, där sanden fortfarande var blöt, fanns en stor sten med vitt, intorkat fågelbajs på. Han klev upp på stenen. Våfflan hoppade efter.

Niklas plockade upp telefonen igen och startade fotoappen. Han ställde in den på vidvinkel. Kanske skulle det bli en fin bild att ladda upp på Instagram.

*

På hemvägen gick de förbi badstranden. Den var tom så när som på några kvarglömda badleksaker. Det luktade tång som måste ha blåst in förra gången vinden låg på. Niklas kunde inte komma ihåg när det var.

De fortsatte följa stigen genom hagen upp från stranden mot vägen.

Plötsligt stack Våfflan iväg. Niklas följde henne med blicken. Längre fram hoppade en kanin mot stenmuren hundra meter bort. Våfflan rusade efter. Kaninen var förvånansvärt snabb, men Våfflan tog in på den ändå. Innan den kom fram till muren hoppade kaninen in i en enbuske. Våfflan stannade och vädrade. Därefter sprang hon runt busken några varv. Sen började hon skälla.

Kaninen hade kommit undan.

*

När de kom hem till huset märkte Niklas att robotgräsklipparen hade stannat. Han fiskade upp telefonen ur bakfickan. Appen meddelade honom att Rosa var utanför sitt begränsningsområde, men när han tittade efter märkte han att hon bara hade kört ner i den lilla gropen intill altanen.

Niklas lyfte upp gräsklipparen, tryckte in koden så att roboten inte skulle börja larma och ställde ner henne igen.

Rosa fortsatte att klippa de få grässtrån som fortfarande var för långa.

4

– Vad ska vi göra nu då? sa Niklas när han återigen stod innanför den låsta dörren.

Våfflan tittade på honom, men verkade inte ha något bra svar.

Niklas gick till skåpet i köket och plockade fram bilnyckeln. Han var underligt rastlös.

– Vi åker till affären.

Han tog med sig kylväskan och öppnade dörren till baksätet så Våfflan kunde hoppa in. Han la väskan på golvet framför sätet. Den fick precis plats.

*

Niklas svängde in på parkeringen utanför mataffären. Det fanns gott om parkeringsplatser. Han ställde bilen på den bästa platsen precis utanför ingången och klev ut.

– Vänta här Våfflan. Jag är strax tillbaka.

Niklas lät bli att låsa bilen så Våfflan inte skulle utlösa larmet. Trots att de hade haft bilen i några år redan hade han inte tagit reda hur han skulle göra för att låsa bilen utan att slå på larmet. Om det ens gick.

Jordgubbsståndet var obemannat. Jordgubbarna var slutsålda för flera veckor sedan, men ståndet hade inte monterats ned än.

Bredvid ståndet stod en äldre man och kvinna med gula reflexvästar med Socialdemokraternas röda ros på ryggen. De delade ut pamfletter till dem som ville ha. De hade många pamfletter kvar. Tydligen var det dåligt med folk att övertyga trots att det bara var några veckor kvar till valet. Eller så var det lönlöst att försöka konkurrera med Centern och Sverigedemokraterna så här långt ut i periferin. Niklas skakade på huvudet mot de två pensionärerna och gick in i affären.

Brödhyllan var tom och mjölken var fortfarande slut. Det var inte så konstigt, tänkte Niklas. Det var ju ändå söndag.

Niklas plockade åt sig ett paket penne och en burk tomatkross och la dem i kundkorgen. I kyldisken tog han ett paket mozzarella av den billiga sorten. Lök och basilika kunde han ta ur pallkragen hemma. Det skulle bli en enkel middag, men något måste han väl ändå äta.

I kassan satt Kerstin. Hon hade inte suttit där sedan slutet av maj. Sommarjobbarna måste således ha åkt hem. Niklas fick ett digitalt kvitto när han betalade med sitt betalkort som var kopplat till någon form av kundregister. Telefonen vibrerade i fickan när kvittot nådde telefonen.

Niklas packade ner varorna i kylväskan. Han tvekade en stund, men vände sig sedan mot Kerstin.

– Jag glömde, kan jag få ett paket Winston och en tändare också?

*

Utanför affären gick Niklas fram till mannen och kvinnan i reflexvästarna.

– Jaha, vad vill ni åstadkomma de nästa fyra åren om ni får behålla makten? sa han.

Niklas tog emot pamfletten som kvinnan räckte över till honom och gick mot bilen utan att höra svaret.

Våfflan steg upp och viftade på svansen när han öppnade dörren. Niklas la kylväskan på golvet i baksätet. Den fick fortfarande plats. Han la pamfletten ovanpå locket.

– Kom, vi går till Gudruns på hörnet. Jag behöver lunch.

Niklas och Våfflan gick över den nästan tomma parkeringen, sneddade över gatan och klev in på Gudruns uteservering. Där var det tomt, men det fanns fortfarande vatten i hundskålen. Våfflan nosade på skålen men ville inte dricka. Kanske var vattnet för gammalt.

Efter ett tag kom Gudrun ut och frågade vad han ville ha.

– En schnitzel. Inger ansjovis. Och jag vill ha klyftpotatis istället för pommes.
– Något att dricka?
– Ja, en mellanöl, tack.

Maten var god och ölen läskande. Niklas rökte tre cigaretter medan han väntade på att alkoholen skulle gå ur kroppen. Cigaretterna smakade lika illa som han mindes det, men Gudrun klagade inte trots att han rökte på uteserveringen. Kanske berodde det på att han var den enda kunden. Eller så var det inte lika noga här som på fastlandet.

När han lämnade Gudruns slängde han Winston-paketet i papperskorgen.

5

– Vad ska vi göra nu då? sa Niklas där han stod innanför den låsta dörren för tredje gången samma dag. Våfflan tittade på honom, men det verkade inte som om hon hade något förslag.

Niklas gick till köket och fyllde på vatten i kaffemaskinen. Han tryckte på knappen så vattnet skulle börja värmas. Han tog ut en mugg ur skåpet. Därefter tog han fram lådan med kaffekapslarna. Fem stycken kvar av de trehundra som han hade beställt från Danmark i juni. Han valde den sista av de röda, stoppade ner den i maskinen och tryckte på knappen för en americano.

Eller det kanske heter Lungo.

Niklas tog fram ett hundben som var gjort av processad kohud som formats till en rulle. Kohuden var invirad i något slags torkat kött, kanske anka. Han gav benet till Våfflan som satt på köksmattan vid hans fötter.

– Ajdå, det här är det näst sista benet, Våfflan!

Våfflan tog benet utan att verka speciellt bekymrad över att lagret var slut. Det brukade ju dyka upp fler i skåpet ändå. Hon la sig på mattan och började tugga.

Niklas tog kaffekoppen och gick till soffan. På soffbordet låg en gammal Året Runt och en penna. Niklas sippade på kaffet och bläddrade fram till korsordssektionen i tidningen. De första korsorden var ifyllda, men det tredje hade några snåriga klurirgar kvar för honom att lösa.

Djur i ost, två bokstäver.

Niklas funderade en stund.

– Det kan väl ändå inte finnas ål i ost. Och ko passar inte heller.

Han bestämde sig för att ge upp och bläddra vidare.

På nästa sida kunde han läsa om den senaste krisen i Maddes och Chris äktenskap. Han läste ingressen, men la sedan undan tidningen på hyllan under soffbordet där de förvarade tidningar och pussel. Han plockade fram ett exemplar av Gör Det Själv istället. Nummer 7/2017. Där fanns ett test av nya högtryckstvättar.

Överraskande vinnare: Kostar bara 1 290 kronor!

En sån kanske han skulle ha för att rengöra altanen?

Niklas funderade ett tag. Hade de inte en halvfull flaska med linoljesåpa i städskrubben? Det kanske vore ett bra

tidsfördriv att skrubba och linoljesåpa altanen, även om det var tråkigt.
Det hade ju inte blivit gjort i juni, som de hade tänkt sig.

*

Våfflan kom fram till Niklas och pockade på uppmärksamhet.
Niklas krafsade henne bakom örat och klappade på soffan.
– Kom, sa han, du får hoppa upp här.
Våfflan hoppade upp och lade sig bredvid honom i soffan.
På bordet låg en deckare av Lars Kepler.
Eldvittnet.
Kanske hade Johanna hittat den på någon loppis tidigare i sommar.
Elisabet Grim är 51 år och hennes hår är gråsprängt. Ögonen är glada och när hon ler syns det att den ena framtanden ligger lite framför den andra.
Niklas kände med tungan på sina framtänder. Javisst, han hade en likadan tandrad som Elisabet Grim.
När han tänkte efter var det underligt att han aldrig hade haft tandställning.
Niklas började läsa. Efter några sidor förstod han att han redan hade läst boken och att det var han själv som hade tagit den till landet för något år sedan och sträckläst den. Det hade varit ett bra tidsfördriv, ville han minnas, men boken var inte gjord för att läsas flera gånger.
Niklas la undan boken. Våfflan tittade upp. Niklas tog upp fjärrkontrollen från soffbordet och tryckte på Netflix-knappen.
Kanske hade han missat att den nya säsongen av Stranger Things redan hade kommit.
Det hade den inte, upptäckte han.

Han tryckte fram C More, men kom fram till att han inte var sugen på att titta på sport.

Han tryckte fram Viaplay och valde sin egen profil. Rekommendationsmotorn föreslog The Terminator. Alla de fem första filmerna fanns i utbudet. Lovande.

Niklas valde den första filmen. Den skulle nog underhålla honom resten av eftermiddagen.

6

– Vad ska vi göra nu då? sa Niklas där han stod innanför den låsta dörren för fjärde gången samma dag.

Våfflan tittade på honom, men hon verkade fortfarande förvänta sig att han skulle hitta på aktiviteterna.

Niklas tittade på klockan. Den var strax efter fyra.

Niklas gick in i badrummet. Kanske lika bra att åtgärda avrinningen i handfatet. Och kanske i duschen också då han för en gångs skull höll på.

Johanna hade försökt med bikarbonat och ättika. Hon följde någon ekostädfantast på Instagram som hade många självhjälpstips som involverade just bikarbonat. Och ättika. Ibland några sockerbitar om det som skulle åtgärdas var ingrodd smuts eller fastbränt fett. De hade en påse med ett halvt kilo bikarbonat i skafferiet och ett nästan oanvänt paket med bitsocker. Den hårda sorten. Han hoppades att myrorna inte skulle hitta förpackningen.

Det hade fräst och bubblat när ättikan reagerade med bikarbonatet i avloppet, men vattnet hade ändå inte runnit undan. Johanna hade gett upp och Niklas ryckt på axlarna. Kaustiksoda hade Johanna förbjudit honom från att hälla i avloppet då det bara skulle rinna ut i markbädden och förstöra bakteriekulturen. Han fick ta de mer effektiva kemikalierna till stan, helt enkelt. Låta reningsverket ta hand om det basiska. Eller om det var det sura. Niklas visste inte så noga.

Vattenlåset var lätt att montera ner. Det var fullt av hår och grå gegga, som han krafsade ur med fingrarna. Niklas plockade fram en hundbajspåse ur bakfickan och la den illaluktande sörjan i påsen. Resten av avloppsröret verkade rent nog, så han skruvade fast vattenlåset igen och provade kranen. Vattnet rann undan direkt.

Det här borde jag ha gjort för länge sedan.

Ett tag funderade han på att skicka ett mess till Johanna och tala om för henne att det var bra sug i avloppet igen, men han lät bli.

Våfflan kom in och la sig på badrumsmattan. Kanske tyckte hon att det luktade gott. Eller så ville hon bara ha sällskap.

*

Niklas tittade på klockan. Det hade bara hunnit bli sen eftermiddag.

Han gick till kylskåpet. På översta hyllan fanns två paket Bregott och en öppnad förpackning hamburgarost av något lågprismärke. På den nedersta hyllan hittade han en glasburk med saltgurka. Längre in låg en förpackning i rosa plast som innehöll torr, lättrökt bog i tunna, fina skivor.

Ingen öl.

Niklas gick till klädkammaren och lyfte undan extramadrassen som låg slarvigt slängd på golvet. Under den hittade han några tvestjärtar och det han sökte: en öppnad kartong Mariestads Export. Det fanns fortfarande några burkar i kartongen. Han tog upp dem och gick till köket. Han la en burk i frysen och de andra fyra i kylskåpet.

Våfflan fick en bit torr, lättrökt bog. Han åt en saltgurka direkt ur glasburken.

*

Niklas tog gästhusnyckeln ur nyckelsamlingen i skåpet i köket och gick ut. Han låste upp dörren till det lilla huset. Där inne var det varmt. Över trettio grader, bedömde han.

Solen sken in genom de två glasdörrarna mot altanen. Han fiskade upp telefonen och surfade in på Vattenfalls webbplats. 352 öre per kilowattimme och på väg uppåt. Vid midnatt skulle börspriset vända ner. Han tittade på klockan igen. Hon var knappt sex än. Och han hade ändå ingen lust att vänta till midnatt för att vrida på bastuaggregatet. Det var trots allt för att spara pengar som de hade tecknat timprisavtal hos elleverantören.

Niklas öppnade dörrarna mot trädgården. Det fläktade inte. Han öppnade fönstret ovanför gästsängen för att få korsdrag. Det fläktade fortfarande inte. Han plockade fram telefonen igen och öppnade den sparade fliken till Lars Wilderängs blogg i webbläsaren. Han svepte ner för att ladda om sidan och la sig på sängen. 150 ryska soldater dödade i Ukraina senaste dygnet, åtta stridsvagnar, några haubitsar och elva bepansrade skyttefordon hade förstörts. Tydligen hade det varit Himars-o-clock igen.

Alltid något.

Därefter läste han Expressen på mobilen. Inget nytt om Ebba Busch, men några notiser om de vid det här laget uttjatade nyheterna om de ryska kärnstridsspetsarna som Putin påstod att han funderade på att placera i Belarus.

I DN oroade de sig över de möjliga regerings-konstellationerna efter valet. Brunblått och rödgrönt var troligast. Osannolikt, men möjligt med blårött, som stod högst upp på ledarredaktionens önskelista. Fortfarande osannolikt, men kanske snäppet mer troligt åt andra hållet, alltså rödblått. Knappast brunrött, i alla fall inte de kommande fyra åren. Därefter visste man ju inte. Men om det någon gång blev så, kunde man vara säker på att regeringen skulle kallas rödgul och inte brunröd trots att reformprogrammet var detsamma. Det hela var mycket märkligt. Rena rama färgläran.

I Svenskan klagade de på att DN oroade sig och hade osannolika förhoppningar som inte grundade sig i verkligheten som den beskrevs av diverse opinionsinstitut.

Aftonbladet hade Niklas slutat läsa, förutom om Robert Aschberg hade råkat skriva något som någon annan hade länkat till på Twitter.

Niklas surfade in på The Economist, men eftersom han inte var prenumerant kunde han bara läsa ingressen om de senaste negativa effekter som Storbritanniens utträde ur unionen hade orsakat.

Köerna vid kanaltunneln hade de i alla fall lyckats lösa upp, antagligen mer med förnuftets hjälp än på magkänsla.

7

– Vad ska vi göra nu då? sa Niklas där han stod innanför den låsta dörren för femte gången under dagen.

Våfflan tittade på honom utan att uppvisa någon entusiasm. Det här hade hon gjort förr utan att det hade lett till något speciellt underhållande de tidigare gångerna heller.

Han tog upp en tom en-och-en-halv-liters läskflaska ur återvinningsbacken och gick ut på altanen. Han hittade ett par birkenstocks som tillhörde någon av döttrarna. Han tog på sig dem. De var några storlekar för små men det störde honom inte märkbart.

Niklas gick runt huset. Våfflan följde efter. Groparna som grävlingarna hade grävt fanns kvar. Han knäppte upp gylfen, tog sikte och kissade en skvätt i den största gropen och lät sedan resten av urinen droppa ner i läskflaskan. Vid uteduschen fyllde han upp flaskan med vatten. Sedan gick han bort till pallkragarna och hällde ut innehållet i flaskan på odlingarna.

Kanske skulle tomaterna hinna mogna innan hösten kom.

*

Niklas såg sig omkring. Var det något mer underhåll han kunde göra? Gräset tog robotgräsklipparen Rosa hand om förutom närmast intill altanen, men gräset där hade inte hunnit växa tillräckligt för att det skulle vara värt att ta fram trimmern.

Niklas gick in och hämtade nyckeln till boden. Boden borde ställas i ordning om cyklarna skulle få plats.

Men det fick bero så länge.

Niklas klättrade över den bensindrivna gräsklipparen som stod innanför dörren i boden. Han plockade ner stegen från väggen. Kanske gick det att trycka in cyklarna i alla fall när han tänkte efter.

Han gick in igen. Våfflan tittade upp från soffan. Niklas gick fram till luftvärmepumpens innerdel och fällde upp stegen. Han klättrade upp, öppnade serviceluckan och tog loss de två filtren i turkos plast. Om han tvättade dem med bikarbonat och ättika skulle de filtrera varmluften fint när kylan kom i slutet av oktober. Frågan var bara hur han skulle göra för att bli av med den sura lukten av ättika.

Niklas blev klar med filtren till värmepumpen precis lagom till Rapport klockan 19.30. Han slog sig ned i soffan bredvid hunden och knäppte på teveapparaten.

Efter nyheterna kan jag gå och lägga mig.

Den stora frågan var vad han skulle hitta på hela den kommande veckan. Att ställa i ordning huset för hösten skulle knappast ta mer än en dag, kanske två.

MÅNDAG

8

Sveriges Radio P1 gick igång. Klockan var således 07.00. Trots att han fortfarande hade semester, hade Niklas inte stängt av klockradion i telefonen. Av någon anledning kändes det bra att vakna tidigt även på sommaren. *Så här gör du för att hitta tillbaka till vardagsrutinerna,* som det hade stått i Expressen några dagar tidigare. Men Niklas hade inte lämnat vardagsrutinerna, oftast vaknade han redan innan nyheterna gick igång klockan sju.

Våfflan låg fortfarande och sov i sin bädd när han steg upp ur sängen efter att ha hört nyheterna. Ryssland hotade med världssvält. Någon hade försökt elda en koran utanför moskén i Södertälje men inte fått fyr på sidorna. Gaslagren i Tyskland var förvånansvärt välfyllda trots att tyskarna slutat importera gas från Ryssland under våren. De senaste opinionssiffrorna hade kommit från Sifo inför riksdagsvalet. Det var rysligt jämnt. Det kunde helt enkelt gå hur som helst. Tidningarna skulle således kunna spekulera friskt länge än. I alla fall fram till valet.

Niklas tog en champagnefärgad kaffekapsel ur lådan i köket. Tre kvar. Han satte kapseln i maskinen och tryckte fram en americano. Våfflan kom till köket och ställde sig vid matskålen. Niklas fyllde skålen med torrfoder och klippte ner en skiva lättrökt bog så hunden skulle få lite variation på maten i alla fall. Han ställde ner skålen på golvet. Våfflan började äta, först bog sedan lite torrfoder om än motvilligt.

När han kom ut ur duschen låg Våfflan och väntade utanför badrumsdörren. Niklas gick till skåpet i köket och tog fram bilnyckeln ur nyckelsamlingen. Ur den nedre lådan i köket tog han fram bärplockaren som han hade köpt på Biltema förra sommaren, men hittills aldrig använt.

Niklas tog på Våfflan bilselen. De gick till bilen. Våfflan kissade på gräsmattan och hoppade därefter in i baksätet. Niklas knäppte fast henne i bältet på mittenplatsen. De andra två bältena var redan knäppta så att bilen inte skulle larma om Våfflan flyttade på sig under färd.

*

Efter några mil i riktning norrut svängde Niklas av landsvägen och körde mot parkeringen vid den stora badstranden. Det hade inte varit många bilar på vägen så här tidigt på morgonen. Alla loppisar som de hade passerat hade varit stängda, men de var knappast stängda bara för dagen, utan för säsongen. En av campingarna var i alla fall öppen enligt skylten vid landsvägen, även om han inte kunde se några bilar på campingens parkering när han körde förbi.

Parkeringen verkade tom längre fram där vägen tog slut, men Niklas svängde in på en liten grusväg innan han hade kommit ända fram till den öppna ytan bland tallarna vid vägens ände. Han ställde bilen halvvägs i diket och klev ut. Våfflan följde efter.

Det växte blåbär i mängder i skogen. Våfflan åt av dem direkt från riset. Niklas använde bärplockaren.

Jag har glömt att ta med en hink.

Niklas hällde över blåbär och blad i en av Våfflans oanvända bajspåsar som han hittade i bakfickan. Sakta fylldes påsen med bär.

Det var fortfarande vindstilla. Niklas blev svettig, trots att det inte hade hunnit bli speciellt varmt än. Flugorna sökte sig till honom, men som tur var fanns där inga mygg. Han viftade undan de fetaste flugorna med kepsen.

En halv timme senare var bajspåsen full med blåbär, blad och småkryp. Niklas knöt påsen och la den och bärplockaren i bakluckan på bilen. Han visslade till Våfflan och de gick tillsammans in i skogen mot stranden.

*

På stranden blåste det lite, men det var inte kallt. Klockan hade hunnit bli strax efter nio och solen värmde redan tillräckligt där den sken ovanför horisonten i sydost. Det luktade av tången som vågorna hade spolat upp på sandstranden. Våfflan sprang i vattenbrynet. Niklas hittade en pinne som han kastade längs med stranden. Våfflan hämtade pinnen. Niklas kastade pinnen en gång till.

De gick norrut längs med vattenbrynet på stranden. Hittills hade de inte sett en enda människa, men längre norrut, där det låg några roddbåtar uppdragna bredvid en sjöbod, såg Niklas ett tält i det sträva strandgräset. När de kom närmare märkte han att tältet var tomt. En engångsgrill låg halvt begravd i sanden.

Den närmaste roddbåten var fäst i en strandtall. En handduk låg slängd över tampen. Niklas tog handduken och började klä av sig. Våfflan var redan nere i vattenbrynet och väntade. Han la sina kläder i roddbåten och gick ner till vattnet naken, som Gud hade skapat honom.

Niklas simmade ut i sensommarvattnet. Det var varmare i havet än på land. Några alger syntes inte till, men maneterna hade blivit stora. De största var stora som pannkakor.

Våfflan simmade ut till honom. Han tog upp henne i famnen, men hon fortsatte instinktivt att veva med framtassarna. Vattnet räckte Niklas till bröstet. Våfflan ville upp på hans axlar. Det fick hon, trots att hon revs. Han borde klippa hennes klor, men han visste inte hur man gjorde. Det var ju Johannas uppgift att klippa dem.

De stod där ett tag och tittade in på den öde sandstranden. En av Sveriges bästa badstränder.

*

På vägen hem stannade Niklas vid mataffären. Utanför det obemannade jordgubbsståndet stod de två socialdemokraterna i reflexväst och delade ut pamfletter. Det verkade inte vara strykande åtgång precis idag heller.

A for effort.

Niklas lämnade Våfflan i den olåsta bilen och gick in i affären. Kerstin hejade på honom från kassan. Han morsade tillbaka.

Han plockade ner vaniljvisp i kundkorgen och gick till kassan för att betala.

– Var har du familjen? undrade Kerstin.

– De har åkt. Det är bara jag och hunden här nu.

– Ja men då tycker jag att du ska gå på bingo i morgon! sa Kerstin glatt. Klockan 17 på hembygdsgården.

Niklas tackade för sig och gick ut till bilen.

Våfflan blev glad när han kom.

*

Systembolaget hade stängt för säsongen, men i den lilla el- och lampaffären strax intill var dörren uppställd. Niklas svängde in på parkeringen, släppte ut Våfflan ur bilen och gick till dörren.

– Får jag ta med hunden in i butiken?

– Det går bra, sa mannen bakom kassan. Vad heter han?

– Hon. Hon heter Våfflan.

– Fin jycke.

Det stod Ronny på den aluminiumfärgade namnbrickan som mannen hade på bröstfickan på den kortärmade, rutiga skjortan. Niklas gissade att brickan var av plast, men den såg gedigen ut ändå.

Våfflan och han gick in.

Niklas såg sig omkring i affären. I skyltfönstret stod några tjockteveapparater som knappast hade gått att sälja på den här sidan millennieskiftet. Telefunken, Luxor, Salora och andra märken från förr. En stor Blaupunkt, som nog hade varit en flaggskeppsmodell innan det uttrycket hade uppfunnits, stod uppställd i mitten.

Längre in i lokalen hade Ronny både bärbara Bluetoothhögtalare, batterier och kristallkronor till salu. Och kaffekapslar från Starbucks. En högtalare stod och spelade musik i ett hörn under en mindre kristallkrona. Old school Dire Straits.

That ain't workin', that's the way you do it
Get your money for nothin', get your chicks for free

Niklas vände sig mot butiksinnehavaren bakom disken.

– Har du några LED-lampor, sockel E27? frågade Niklas.

– Jadå, men inte av de dimbara, sa Ronny. De dimbara tog redan slut i juli. Hasse på campingen köpte upp hela mitt lager. Men jag ska få hem fler nästa vecka.

Niklas drog fingret över ett gäng flerpack med batterier som hängde på väggen. AA och AAA om vartannat.

– Vet du något om bingon i morgon?

– Javisst! Det är klockan 17 på hembygdsgården. Kajsa och Kalle brukar bjuda på fika.

Niklas köpte ett rör med kaffekapslar. Starbucks Lungo House Blend. De var lite för dyra för hans smak, men han gillade inte att ta av reserven därhemma.

*

Blåbärspajen hade blivit god, även om det hade tagit Niklas en timme att rensa ur alla blad och småkryp. Våfflan fick några blåbär till den lättrökta bogen och torrfodret. Hon verkade nöjd.

Det hade blåst upp till kvällen. Vattenfalls webbplats meddelade att en kilowattimme nu kostade 115 öre exklusive skatt och elöverföringsavgift. Det var billigt nog i alla fall i jämförelse med vad det brukade kosta denna sommar. Framför allt innebar det att det antagligen fanns tillräckligt med lokalproducerad vindkraft så han slapp använda importerad el från de tyska kolkraftverken i onödan. Han måste ju tänka på döttrarnas framtid.

Niklas gick till gästhuset och satte på bastun. Medan han väntade på att den skulle bli varm såg han klart den första Terminator-filmen på Viaplay. Den var inte så bra som han mindes den.

När han skulle bada bastu upptäckte han att han hade glömt en burk öl i frysen. Den var bottenfrusen. Han tog två burkar ur kylskåpet i stället och gick ut. Våfflan följde med och la sig i gästsängen utanför basturummet.

Vattnet i den solvärmda uteduschen var precis lagom varmt efter hettan i bastun. Ölen smakade som den brukade. Han passade på att göra några lektioner i spanska på mobilen innan han gick in för nästa omgång av bad i bastun.

Voy a _____ el pescado en efectivo.

Han skrev "pagar". Det var rätt.

Nästa dag skulle han gå på bingo.

9

Niklas drömde oroligt den natten. Kanske var det Arnold. Kanske ölen. Han drömde om sin mormor och morfar. Själv var han ett barn runt tio. Mormor och morfar satt på varsin stol men matbordet som de borde ha suttit vid var borta. Han stod i pyjamas emellan dem och var rädd för att de skulle dö.

Som barn hade han ofta varit rädd för att mor- och farföräldrarna skulle dö. Eller att de allihopa skulle dö i ett atombombsinferno. Det kanske hade varit bättre att bara brinna upp än att uthärda atomvintern som självklart skulle följa, i alla fall enligt vad de hade fått lära sig i skolan. Om det verkligen var sant, visste han inte.

Som tonåring hade han haft mardrömmar om att mamma och pappa förolyckades i en trafikolycka eller att de fick cancer och tynade bort.

Som ung vuxen hade han varit orädd.

Någonstans efter fyrtio hade insikten kommit att han själv också var dödlig. Slog inte hjärtat lite ojämnt när han tänkte efter? Han hade gnällt till sig en EKG-undersökning men allt hade varit normalt.

Johanna lät honom hållas, även om hon hade svårt att dölja att hon tyckte han var lite fånig.

Men halsbrännan då, den som gjorde att han inte kunde sova den där natten i fjällstugan dagen före julafton för åtta år sedan? Kanske var det en lätt hjärtinfarkt ändå? Johanna hade sagt att han bara var utmattad. Eller kanske hade panikångest.

– Gå och drick vatten så går det över, hade hon mumlat sömndrucket från sin sida av sängen.

På morgonen hade allt varit som vanligt. Ingen smärta hade strålat ut i armen, varken på natten eller morgonen därpå. Han kunde lyfta armarna över huvudet, le normalt och säga hela meningar.

Ingen stroke. Det var bra.

Kanske var det bara för mycket av den norska mesosten med Côtes du Rhône som hade orsakat besvären.

*

Niklas vaknade klockan 03.00. Det var fortfarande mörkt ute. Han gick upp och kissade.

Sånt gjorde han allt oftare efter att han hade fyllt fyrtiofem för några år sedan.

Därefter drack han ett glas vatten i köket och tuggade i sig en novalucol som han hade hittat i den översta lådan i kommoden i badrummet. Inte för att han hade halsbränna just då, men han tyckte inte om smaken av biologilärare i munnen och han hade slut på tuggummi.

När han la sig i sängen igen sov Våfflan fortfarande i sin bädd på golvet bredvid sängen.

I trädgården lyste solcellslamporna fortfarande. Lyktorna som han hade köpt på rea på Mio lyste något svagare än de från Åhléns Outlet.

Vad märkligt. Jag trodde det skulle vara tvärtom.

TISDAG

10

När Niklas och Våfflan gick på morgonpromenad klockan 07.45 hade det precis slutat regna. Altanen var blöt. Regnmolnen dröjde sig kvar lågt på himlen, men de var inte lika tunga längre. Kanske skulle det spricka upp lagom till lunch.

De tog genvägen över grannens äng och förbi ladan. Niklas lyfte upp den nedersta tråden i stängslet med en pinne så Våfflan kunde springa in i hagen utan att stöta till eltråden med svansen. Han tryckte ner den översta tråden med pinnen och klev över. Han kom på sig själv med att stöna lätt.

Bra, jag märker i alla fall av några av ljuden som jag släpper ifrån mig numera.

Kvigorna syntes inte till och inte tjuren heller. Niklas kopplade loss Våfflan. Hon tittade på honom och sedan på pinnen. Han slängde den så långt han kunde. Hunden var framme innan pinnen hann landa.

När de kom närmare badstranden sprang Våfflan till enbusken och letade efter kaninen. Den var inte där, men längre ner på stigen kom två personer gående. Det såg ut som två gamla tanter. Tanterna hade varsin hund i koppel. En tax och någon slags larmhund, kanske en bichon frisé. Niklas lyfte handen till hälsning. Tanterna vinkade tillbaka men om de ropade något kunde han inte höra dem. Att taxen skällde hörde han, om än svagt.

Vid havet slog små vågor in mot land. Vindmöllorna snurrade ute till havs. Ett fraktfartyg var på väg söderut vid horisonten. Niklas tog upp telefonen och tittade på kartan i MarineTraffic. Det var M/S Medemborg från Holland som var på väg från Kemi i norra Finland till Alexandria i Egypten. Hastighet: 12 knop. Bäring: 202 grader. Vad som fanns i lasten framgick inte.

De gick hemåt via bryggan och den lilla oljegrusvägen. Vid brevlådorna växlade Niklas några ord med en lång gubbe som stod och rotade i en låda. Niklas trodde att han kanske hette Rolf och bodde permanent i ett av husen närmast landsvägen. Gubben hade hängselbyxor på sig och ett par gedigna arbetsskor, antagligen skyddsskor med stålhätta.

– Har du fått annonsbladet? undrade gubben som kanske hette Rolf.

– Nej, sa Niklas. Vi har ingen brevlåda.
– Ja, då blir det ju svårt, sa gubben som kanske hette Rolf.
När Niklas och Våfflan kom hem hade det åter börjat regna. Perfekt väder för att linoljesåpa altanen, tänkte Niklas. Men först en kaffe. Han stoppade ned en kapsel Starbucks Lungo House Blend i maskinen. Våfflan fick torrfoder med den sista skivan lättrökt bog. Hennes vattenskål behövde också fyllas på.

11

Det tog honom två timmar att skrubba altanen och lägga ut linoljesåpa med moppen. Det mesta av det gröna vid räcket hade han fått bort, men för att bli av med de svarta fläckarna skulle han ha behövt låna grannens högtryckstvätt med tillhörande altanborste. Grannen var dessvärre inte hemma så det fick bli som det blev.

Niklas gick till köket och tog fram penne och tomatkross från skafferiet. Han kokade upp vatten i en kastrull och hämtade örter i pallkragen. Oreganon hade blommat över. De borde ha tagit bort blommorna tidigare, men det hade inte hunnits med. Det kanske inte spelade så stor roll, men han var inte säker.

Han drack en öl till pastan. En burk kvar i kylskåpet. Våfflan fick det sista benet av kohud och kanske anka. Hon la sig bredvid hans stol och tuggade.

Efter att han hade ätit upp lunchen letade han fram Terminator 2 – Domedagen på Viaplay. Arnold var inte ond längre. Han var duktig på att köra motorcykel.

Niklas gick till kylskåpet och hämtade den sista ölen.

12

Utanför bingohallen stod nästan ett dussin bilar parkerade. En vit Volkswagen Caddy och två Volvo 940, en röd och en blå. De andra bilarna var mindre. Ett antal Toyota och Hyundai men också en grön Suzuki Swift. Niklas bedömde att den hade tio år eller så på nacken, men den såg välvårdad ut.

Han öppnade dörren och Våfflan och han gick in.

– Får jag ta in hunden, frågade han en kvinna som satt på en gul plaststol innanför dörren. Hon var medelålders, men Niklas kände inte igen henne från något tidigare tillfälle.

– Det går så bra så, välkommen!

Niklas betalade femtio kronor för en bingobricka och gick längre in i der stora salen i hembygdsgården. Han hällde upp en kaffe i en pappmugg och tog två finska pinnar från kakfatet bredvid pumptermosen längst bak. Han såg sig om efter en ledig plats och gick och satte sig.

Under tiden hade en man i fyrtioårsåldern rullat fram ett bord på hjul som det stod en tombola på. Niklas smög ner en finsk pinne till Våfflan som hade lagt sig på golvet bredvid hans stol. På bordet framför honom fanns en penna.

Det var strax dags att börja dutta.

Niklas såg att Kerstin från mataffären och Ronny från el- och lampaffären redan satt på varsin stol framför honom. De andra bingospelarna kände han inte igen. Han gissade att medelåldern i lokaler var ungefär sextiofem, kanske mer.

Niklas tänkte att el- och lampaffären nog redan hade stängt för dagen. Men vem satt i kassan i mataffären när Kerstin var här och spelade? De stängde ju först klockan åtta.

*

Flera personer hade anlänt till hembygdsgården innan mannen med tombolan hade hunnit meddela att det var dags för ettans bingo.

Gubben som kanske hette Rolf hade hittat en plats längst fram. Niklas misstänkte att han hörde illa, så den platsen passade honom bra. Rolf hade köpt två bingobrickor som han hade lagt på bordet framför sig tillsammans med ett annonsblad från Postnord. Tydligen hade han hittat något av värde i någon av sommargästernas brevlådor som han hade rotat runt i tidigare.

Bredvid Rolf satt en annan äldre man som hade rullat in med sin röda rollator.

– Hej Arne, har du fyrhjulingen med dig? hade Rolf sagt när den äldre mannen klev in.

– Jadå, men jag tog Agnetas. Min har fått punktering. Agneta kommer också, men det kommer nog ta en stund. Arne skrockade.

Förutom Rolf, Arne, Kerstin och Ronny hade två kvinnor, som inte gick att skilja åt till utseendet, kommit in genom dörren två minuter i fem. Även de var i fyrtioårsåldern, eller kanske strax under. Bägge hade rågblont hår klippt i page. Niklas tänkte att de kanske var tvillingsystrar.

Den ena kvinnan drog fram en extra stol till sitt bord. Framför sig hade hon sex bingobrickor och några pocketböcker. Camilla Läckbergs senaste och ett par till som Niklas inte kände igen. De hade färgglada omslag.

– Eva, kan du ta en kopp kaffe till mig också och några kakor? sa kvinnan som nu hade satt sig på sin plaststol.

Den andra tvillingsystern som tydligen hette Eva fingrade på pumptermosen.

– En skvätt mjölk och två bitar socker som vanligt, Camilla?

Tvillingsystern som hette Camilla nickade.

Därefter stängde mannen med tombolan dörren och vinkade till Ronny som klev fram och placerade en bärbar högtalare på bordet med hjul. Ronny tog fram en mikrofon ur den lilla väskan som han hade ställt under bordet och gav den till mannen med tombolan.

– Ett två, ett två, hör ni mig? sa mannen med tombolan i mikrofonen.

Mannens röst ekade ur högtalarna och ut i rummet.

– Nå men då så, sa han sedan i mikrofonen. Nu är det bingotajm! Låt bäste man eller kvinna vinna!

*

Fyra omgångar bingo hade det blivit utan lycka för Niklas. Han hade börjat misstänka att det var något fel på hans bricka. Mannen med rollatorn, Arne, hade vunnit en fruktkorg. Tvillingsystrarna med likadana rågblonda pagefrisyrer, Camilla och Eva, med de sex bingobrickorna hade vunnit ett storpack med Ahlgrens bilar, den stora sorten som gick bra att grilla. Kerstin från kassan i mataffären hade vunnit en batteridriven fläkt, men den gav hon till gubben som kanske hette Rolf och som inte hade vunnit något alls han heller.

Våfflan hade gett upp och somnat på golvet bredvid Niklas stol.

I den femte omgången vände lyckan och vid Bertil 53 var det Niklas tur att dutta i den femte i rad.

– Bingo! ropade Niklas aningen förvånat.

– Hörde jag bingo? knastrade det ur den bärbara högtalaren. Kom fram unge man så får Kajsa rätta brickan.

Tydligen hette kvinnan som Niklas hade köpt sin bingobricka av Kajsa.

Niklas gick fram och räckte över bingobrickan till Kajsa. Jodå, Niklas hade duttat rätt. Kajsa överräckte en bärbar högtalare i aningen dammig originalförpackning. Första pris.

– Grattis, den har Bluetooth! sa Kajsa.

– Kom förbi butiken imorgon så visar jag hur den fungerar! ropade Ronny från sin plats.

När Niklas gick tillbaka till sitt bord smålog Eva och Camilla mot honom. Arne och Rolf lyfte sina plastmuggar till en skål.

– Då fortsätter vi, sa mannen med mikrofonen och tombolan.

Niklas satte sig. Våfflan viftade lätt på svansen, men orkade inte stiga upp. En tvåtaktsmotor brummande utanför hembygdsgården.

När den sjätte och sista omgången var spelad, där Rolf hade vunnit en papperskalender från Svensk fastighetsförmedling i tröstpris, öppnades dörren. En gammal dam i sommarklänning och stråhatt klev in. Hon hade en käpp i ädelträ i handen och sökte av rummet med blicken tills hon fick syn på Arne.

Arne flinade. Den gamla damen, som Niklas räknade ut att måste vara Arnes fru Agneta, hade äntligen lyckats ta sig fram till hembygdsgården och hon var inte glad.

– Du skulle väl i alla fall ha kunnat fylla på bensin i klipparen! röt Agneta.

När Arne gav henne den korg med frukt som han hade vunnit på treans bingo tinade Agneta upp. Rolf erbjöd henne sin stol. Agneta satte sig och tog ett päron ur fruktkorgen.

Niklas tänkte att Arne och Agneta nog hade varit gifta länge, men att kärleken fortfarande spirade, den gamle mannens hyss till trots.

*

Niklas hjälpte till att lyfta undan borden och stolarna så de stod längs väggen i salongen på hembygdsgården och det därmed blev mer fri golvyta. Tombolan hade placerats i en formsydd väska och burits undan av Kajsa. Camilla och Eva gullade med Våfflan som fick några finska pinnar till. Ronny satte på lite dansmusik på den bärbara högtalaren.

Hasse Kvinnaböske från Sankt Pauli församling i Malmö.

Efter ett tag hade Kerstin grävt fram en flaska bananlikör och en flaska Amarula, den med elefanten på, och gått runt bland besökarna och hällt upp i de nu urdruckna kaffemuggarna.

Agneta hade fått tillbaka sin rollator. Hon och Arne gådansade till musiken, men rollatorn var i vägen lite grann.

Ronny hade bjudit upp en av tvillingssystrarna. Niklas trodde det var Eva, men det var inte så lätt att veta säkert.

Gubben som kanske hette Rolf hade bjudit upp Kerstin.

Den andra tvillingsystern, som Niklas trodde var Camilla, hade frågat Niklas vad Våfflan hette.

Vid något tillfälle hade Kerstin dukat upp en smörgåstårta på ett av borden som stod längs med den bortre väggen i salongen. Hon hade även ställt fram papperstallrikar och engångsbestick i trä.

I högtalaren undrade Hasse Kvinnaböske om man fick ta med hunden till himlen. Niklas kom på sig själv att tycka att det var en bra fråga och att han hoppades att man fick.

*

Det var fortfarande ljust ute när Niklas lämnade kvar bilen på parkeringen och Våfflan och han började gå hemåt. Han satte nyckeln i låset klockan tjugotvå.

De hade missat Aktuellt, men det bekom honom inte så mycket. Han kunde kolla det senaste från Ukraina på Lars

Wilderängs blogg när han hade lagt sig i sängen. Det blev ingen Duolingo den kvällen.

ONSDAG

13

Niklas vaknade med ett ryck. Någon stod och bankade på den låsta dörren.

Niklas tittade på klockan. 09.33. Han hade missat morgonekot på klockradioappen i telefonen.

Han steg upp och drog på sig en linneskjorta som hängde på stolen bredvid sängen. Han gick till dörren. Våfflan var redan där och tittade ut genom det avlånga fönstret. Hon viftade på svansen.

Niklas öppnade dörren.

– God morgon! sa Ronny. Du glömde bingovinsten på hembygdsgården igår.

Ronny räckte fram den bärbara högtalaren i originalkartong och tog av sig cykelhjälmen. Han hängde den på styret till den eldrivna cykeln som han hade parkerat i gräset. Det var en cykel med extra tjocka däck av den sorten som räknades som moped, klass två, av Transportstyrelsen.

– Sätt på lite kaffe så visar jag dig hur du kopplar högtalaren till telefonen.

*

Det hade inte varit speciellt svårt att få ordning på högtalaren. Ronny spelade Ramones på Spotify på Niklas telefon.

Just get me to the airport,
Put me on a plane.
Hurry hurry hurry, before I go insane
I can't control my fingers,
I can't control my brain, oh no, oh no, oh no.

Ljudet var förvånansvärt bra med tanke på hur liten högtalaren var.

– Jag har ställt in lite mer bas så dra inte på full volym för då börjar det brumma.

Niklas tog fram hamburgarost och Bregott ur kylskåpet. I skafferiet hittade han ett öppnat paket med Finncrisp.

– Lyckades Arne och Agneta ta sig hem igår? undrade Niklas.

– Jadå, sa Ronny. Men Arne fick ta gräsklipparen. De där självgående modellerna är drömmen, men de väger ändå som fan när man ska svänga. Och ryggen tar nog stryk i längden om man ska gå så där framåtlutad en lång stund.

Niklas tog en tugga på sin Finncrisp med hamburgarost.

– Håller du stängt idag? frågade Niklas.

– Nej då. Guije håller ställningarna.

– Vem är Guije? undrade Niklas.

– Guije, det är hon med foodtrucken bakom biblioteket. Fast hon har knappt några kunder så här sent på säsongen.

– Du menar thaivagnen?

– Thaivagnen? Är du född igår? skrockade Ronny. Det är en vietnamesisk foodtruck. De har phô och bánh mì. Jättegott!

– Och han som äger stället heter Guije?

– Det är ingen han. Nguyen är en hon. Fast Guije heter egentligen Barbro Nguyen. Dotter till en fastighetsförmedlare här på ön. Hennes pappa var båtflykting.

Niklas nickade.

De sippade på sina koppar med Starbucks Lungo House Blend.

– Om du inte har något bättre för dig så tänkte jag åka och bada, sa Ronny. Men vi får ta din bil i så fall för jag behöver ladda tjockcykeln.

*

Niklas fick sitta bak när Ronny trampade till el- och lampaffären en kvart senare. Han höll armarna om Ronnys mage för att inte trilla av. Ronny hade lånat Niklas sin hjälm.

De tog oljegrusvägen om kyrkan, trots att det var en omväg, men då kunde Våfflan springa bredvid cykeln utan att behöva vara kopplad eftersom de slapp åka på landsvägen.

De kom fram till el- och lampaffären.

– Jag sätter cykeln på laddning så går vi till hembygdsgården och hämtar din bil sedan, sa Ronny.

Niklas upptäckte att han hade glömt både badbyxor, handduk och Våfflans bilsele hemma. Men bilnyckeln och den bärbara högtalaren hade han i alla fall fått med sig.

Bilen stod där han hade lämnat den på parkeringen utanför hembygdsgården. Bilen var olåst. Niklas skakade av sig olustkänslan. Ingen verkade trots allt ha rotat i bilen.

*

Den här gången körde Niklas hela vägen fram till parkeringen vid den stora badstranden. Parkeringen var tom.

De klev ur bilen och tog den lilla stigen norrut genom tallskogen. Efter ett tag vek de av mot stranden. Renlaven krasade under deras fötter. Det var torrt. Våfflan hade sprungit i förväg och stod och väntade i det höga, sträva gräset vid sanddynerna ovanför stranden.

När de kom fram till sjöboden med den lilla båten och tältet stannade de upp. Ronny hade snabbt slängt av sig kläderna och stod redan i endast foppatofflor och spanade ut över havet. Han var lite knubbig men lagom muskulös och närmare en och nittio. Niklas kom att tänka på Stellan Skarsgård, eller möjligen Rolf Lassgård, på 00-talet. Det gjorde således ingenting att Niklas hade glömt badbyxorna.

– Sisten i är en gammal mört! ropade Ronny och sprang ut i vattnet.

Innan Niklas hade lyckats ta av sig byxorna stod Ronny redan med vattnet upp till bröstet.

Våfflan hade krånglat sig upp på Ronnys axlar.

*

Vattnet var varmt så de badade i minst en halvtimme. Ronny verkade inte bry sig om att Våfflans klor behövde klippas.

– Den här tiden på året är fan den bästa, sa Ronny. Tomt på stranden, varmt i vattnet.

Niklas nickade.

Våfflan var lycklig.

När de hade badat klart gick Niklas fram till handduken som fortfarande hängde på tampen vid roddbåten. Han tog den och torkade sig.

– Kasta hit den när du är klar, ropade Ronny samtidigt som han plockade fram högtalaren och satte på Mallorca Cowboys på Spotify.

Ra ta ta ta ta ta ta taa taa ra ta ta taa taa ra ta ta ta ta ta ta taa.

Då hördes ett prassel från tältet och en skäggig man med rufsig kalufs tittade förvånad ut.

– Was ist los? sa mannen. Und was machst du mit meinem Handtuch?

*

Mannen hette Michael Grüne. Han kom från Dortmund, jobbade med stadsplanering till vardags och hade varit på semester på ön i tre veckor tills bilen hade gått sönder i början av augusti. Den stod nu på Mekonomen i väntan på reservdelar från Göteborg. Möjligen hade dessa redan kommit – Michael och Totte på Mekonomen hade vissa kommunikationssvårigheter så det var svårt att veta säkert.

Det visade sig att Michaels fru Gertrude och barnen Matheo och Emilia hade tagit bussen till Kalmar och tåget till Malmö för vidare transport hemåt via Hamburg med nattåget. Men det var en vecka sedan nu. Sedan dess hade Michael bott i tältet på stranden i väntan på att Totte skulle bli klar med bilen. Semesterkassan var skral trots att kronkursen var till Michaels fördel. Han hade helt enkelt bytt friggeboden på campingen till ett tält som han hade hittat bakom duschbyggnaden. Då blev det stålar över till korv och Tottes faktura.

Niklas skoltyska var aningen rostig. Ronny försökte främst göra sig förstådd med kroppsspråk, även om varken Michael eller Niklas begrep speciellt mycket av vad Ronnys flaxande skulle betyda. För att lätta upp stämningen, eller kanske för att få tysken att glömma fadäsen med den lånade handduken, satte Ronny på lite förbrödrande musik på Niklas bärbara högtalare. Han började med Wind of change av Scorpions, tog en omväg via en av Miss Lis senaste låtar och spelade därefter Rammsteins Deutschland. Slutligen landade han i Das Model av Kraftwerk.

– Allt som Kraftwerk gjorde, gjorde Erasure bättre, viskade Ronny till Niklas. Men vi får spela sånt som tysken gillar. Han kanske inte tycker om engelsmän. Churchill och allt det där. Känsliga grejer.

Michael Grüne verkade uppskatta musiken. När Ronny spelade Relax, Take It Easy med MIKA följd av en gammal goding av Scooter var Michael redan på mycket gott humör.

We are getting faster (faster), harder (harder), Scooter (Scooter Scooter). Yeah-aah!

Michael grävde fram en flaska Stroh från tältet tillsammans med några plastglas. Våfflan fick en brödkant, som hon inte var säker på att hon ville ha.

– Also da, Prost, neue Freunde!

14

Två timmar senare satt de i Niklas bil alla fyra. Michael satt i baksätet med Våfflan. Ronny skötte radion. Niklas körde. Han hade trots allt bara smuttat på rommen som tysken hade bjudit sina nya kamrater på.

De styrde kosan söderut. Ronny hade på något sätt övertalat Michael om att Niklas och han vore bäst lämpade att hjälpa Michael och Totte att komma över sina kommunikationssvårigheter. Alltså var de på väg till Mekonomen.

– Men först, wir müssen Guije besuchen, hade Ronny sagt.
Rommen hade uppenbarligen lockat fram tyskan i honom.
– Hon vill nog stänga affären och har vi tur bjuder hon oss på lite bánh mì innan vi tar oss an Totte.
– Tycker du om die vietnamesische Küche, Michael?
Michael hade nickat ett jakande svar.
Nu rullade de söderöver på landsvägen. Det var fortfarande soligt och varmt, även om klockan redan hade hunnit bli halv fyra på eftermiddagen.

*

Guije visade sig vara en förtjusande kvinna i trettioårsåldern. Hon hade sålt ett halvt dussin rör Starbucks Lungo House Blend under timmarna som Ronnys stand-in i el- och lampaffären. Därutöver hade hon tagit emot en beställning på inte bara en, utan två Mitsubishi luft-luft-värmepumpar med inbyggd WiFi.

Det gick bra nu.

Nu satt de tre nyfunna vännerna på plaststolar runt ett litet bord utanför Guijes foodtruck som stod parkerad på ängen en bit bakom biblioteket. Guije ordnade med bánh mì i vagnen. Hon hade försett Våfflan med gårdagens rester i en bunke i rostfritt stål och plockat fram varsin Saigon Export ur kylen till Ronny, Michael och Niklas.

Ronny pekade mot biblioteket.

– Eva jobbar där, sa han och tog en klunk av ölen.

Ronny hade något drömskt i blicken.

Niklas nickade.

– Är de tvillingar, hon och Camilla? undrade Niklas.

– Jepp. Men det var lättare att se skillnad på dem när Camilla fortfarande var kortklippt. Hon påstod sig se ut som Marie Fredriksson, fast snyggare, men jag vet inte.

Ronny krafsade sig i skäggstubben.

– Landstingsfrisyr kallade Henrik Schyffert det visst i någon stå upp-show för ett antal år sedan. Det har jag sett på YouTube.

Ronny tittade ut över ängen, suckade och ryckte sedan på axlarna.

– Nu ser de så lika ut så det är ett himla sjå att veta vem man har i sängen.

Niklas såg frågande på Ronny.

– Ja, alltså Eva och jag har haft ihop det från och till ett bra tag, men efter att Camilla skiljde sig från Hasse på campingen så tror jag Eva och hon ingick någon överenskommelse om att dela på mig utan att jag skulle märka. Då är det praktiskt med samma frisyr, antar jag. De kan byta av halvvägs om det behövs.

Ronny ställde ner ölflaskan på det lilla bordet.

– Fast jag känner igen dem på parfymen, sa Ronny sedan. Och, öh, alla deras frisyrer är ju inte likadana.

Niklas märkte att han rodnade, men Ronny verkade inte märka något.

– Jobbar Camilla också på biblioteket? undrade Niklas.

Samtalsämnet hade fått honom att känna sig obekväm.

– Nej då, hon jobbar i hemtjänsten eller vad det heter. Hon tar hand om Arne, Agneta och de andra där borta.

Ronny pekade mot längan med små enrummare till radhus på andra sidan vägen. Utanför dörren längst till höger, närmast hembygdsgården, stod Agnetas röda rollator och seniorboendets gemensamma gräsklippare parkerade, prydligt sida vid sida Snett bakom skymtade Niklas något som såg ut som ett staffli.

– Om somrarna brukar hon ställa sin Renault Zoe på laddplatsen fastän hon inte behöver ladda.

Ronny hällde i sig det sista ur flaskan med Saigon Export och ställde sedan ner flaskan igen, denna gång med en lätt smäll.

– Bara för att jävlas med turisterna, skrockade Ronny. Ingen vågar ringa kommunen och klaga. Och gör de det mot förmodan så vågar inte kommunen ringa Camilla!

Guije kom ut med en bricka med fyra papperstallrikar.

– Då ska vi se, jag gjorde likadana bánh mì till allihopa. Det var lättast så. Marinerad och långkokt fläskkarré, sriracha, rostad lök och picklad morot och rättika. Något gott förde fransmännen med sig ändå när de tog baguetten till Indokina. Synd bara att de dekapiterade så många av statyerna och skeppade Shivas och Ganeshas huvuden till Louvren.

– Ah, die vietnamesische Küche! utbrast Michael och slickade sig om munnen.

Trots att han inte hade förstått mycket av diskussionen runt bordet kände han igen en god portion mat när han fick den serverad i sensommarvärmen.

*

När de hade ätit klart, hjälpte Niklas och tysken till med att städa undan papperstallrikarna och ölflaskorna. Guije torkade av bordet, släckte i vagnen och låste.

– Guije, kan du köra oss till Totte? sa Ronny.

Guije såg frågande på Ronny.

– Ja, alltså Michael här, sa Ronny och pekade på tysken. Mein neuer Freund. Hans bil är trasig och Totte håller på och mekar med den.

Guije nickade.

– Varför inte, det blir kul.

– Niklas, ge henne dina bilnycklar, sa Ronny.

Niklas tog fram nycklarna och gav dem till Guije.

– Dann gehen wir in die Werkstatt und fragen Totte nach Ihrem Auto.

Ronnys tyska hade verkligen kommit till sin rätta efter både Stroh och Saigon Export.

15

Dörren till Mekonomen var låst, men de hittade Totte på baksidan. Han stod och lastade bildäck på ett släp iklädd ett blåställ och med en gul keps på huvudet.
– Totte! ropade Ronny.
Totte tittade upp. Han la däcket han hade i händerna på släpet, gned av dammet på blåstället och gick dem till mötes.
– Jag har stängt. Vad är det som händer? sa han sedan.
Ronny pekade på Michael.
– Vi undrar hur det går med tyskens bil, sa Ronny.

Totte nickade åt tysken, Niklas och Guije.

– Jag förstår. Följ med in i hallen. Jag har goda nyheter.

De tog den bakre dörren in till verkstaden. Michaels V70 Classic var upphissad på fordonslyften.

– Inget fel på tändstift, olja eller bränslepumpsrelä, sa Totte och pekade under bilen. Drivaxeln är fin. Inga problem med motorfästet. Men det var ett himla felsökande, för bilen hade inga aktiva felkoder utöver de vanliga.

Totte pekade under bilen på någon annan del av motorn som Niklas inte begrep sig på.

– Men sen slog det mig att det måste vara det elektriska gasspjället som jävlas! Var lite lurigt det där för det fanns inga felkoder i bilen.

Totte tittade på tysken.

– Fast det sa jag visst redan, genau?

Michael såg ut som ett frågetecken.

– Hey, konntest du den Fehler finden? sa tysken sedan.

– Jawohl! sa Totte. Ich habe bytt ut die der das elektriska gasspjäll! Fick hem ett nytt spjäll från Volvo i morse. Nu ska vi bara se om det hjälpte. Auto nicht kaputt!

Totte gick fram till fjärrkontrollen för fordonshissen.

– Backa undan lite så tar vi ner bilen. Vorsicht bitte!

Han hissade ner bilen, gick runt till dörren på förarsidan och klev in.

– Då ska vi se, sa Totte och vred om nyckeln.

Bilen startade direkt.

– Donnerwetter! utbrast Totte. Alles Telefunken!

TORSDAG

16

Niklas vaknade av att klockradion gick igång klockan 07.00 med Ekot i P1. En explosion hade inträffat vid Kertjbron under natten. Bron som ryssarna hade byggt mellan Ryssland och den ockuperade Krimhalvön några år tidigare hade rimligen fått lägre bärighet om inte annat. En del av järnvägsrälsen var skadad och en sektion av bron hade ramlat ner i havet.

Niklas öppnade Lars Wilderängs blogg på telefonen. Lars hade redan varit aktiv i över två timmar. En ny bloggpost var upplagd 04.32.

BREAKING: Explosion vid den illegala bron över Kertjsundet till den tillfälligt ockuperade Krimhalvön. Massiva ryska förluster av manskap och särskild utrustning.

Lars misstänkte att en ukrainsk patrullbrännare, ett nyord som han hade hittat på själv för att beskriva ett slags fjärrstyrd vattendrönare fylld med sprängmedel, hade exploderat vid ett av brofästena. Alltid något. Kanske var detta början på slutet för det ryska imperiebygget, version trehundrafemton.

Niklas swishade femhundra kronor till Blågula bilen, en välgörenhetsorganisation som körde ner lastbilar till fronten, och öppnade sedan webbläsaren igen. Han surfade in på Vattenfalls webbplats. 633 öre per kilowattimme exklusive moms och elöverföringsavgift under morgonen.

Han bestämde sig för att hoppa över duschen.

Det var molnfritt ute så han drog på sig sina röda shorts men behöll t-shirten på, trots att han hade sovit i den hela natten. Det spelade trots allt ingen roll att han luktade lite svett och nattsömn. Vem skulle bry sig?

– Kom Våfflan, vi går ut.

De tog genvägen bakom grannens lada igen. De klarade sig utan elstöt vid stängslet, bägge två, och inga gubbljud undslapp Niklas, i alla fall inte som han märkte själv.

På väg ner till havet tog Våfflan sin vanliga tur via enbusken, men haren var inte hemma. Eller om det var en kanin. Niklas visste inte så noga.

På stranden låg ungdjuren fortfarande ner i gräset även om de flesta verkade vakna. Våfflan och Niklas tog en omväg så Våfflan inte skulle väcka djurens intresse.

De gick mot fyrudden. Det verkade inte vara någon hemma i det gamla fyrvaktarhuset, även om Niklas inte kunde vara säker för grusvägen dit ut var över hundra meter lång. Han såg ingen bil i alla fall, men den kunde ju vara parkerad på andra sidan huset.

När de närmade sig bryggan såg Niklas att det satt någon i en solstol på andra sidan om den provisoriska parkeringsplatsen. Han hann inte få stopp på Våfflan som hade satt fart mot bryggan. Våfflan ville nog bada. Bråttom hade hon oavsett.

En kvinna i femtioårsåldern flög upp ur solstolen när Våfflan sprang förbi.

– Aaaah! ropade kvinnan.

– Oj, förlåt. Det var inte meningen att skrämmas, sa Niklas. Hon ska bara bada.

Han pekade på hunden som nu var framme vid bryggan.

– Jag förstår inte varför folk inte kan koppla sina hundar! fräste kvinnan.

Niklas stannade upp och tittade på henne.

– Du vet att du sitter och solar i en kohage, va?

Han gjorde en ansats att himla med ögonen.

– Här går djur lösa Och klockan är halv åtta på morgonen.

Kvinnan svarade inte, men hon satte sig i alla fall ner igen och vände demonstrativt huvudet åt det andra hållet. Det fanns inget mer att säga.

Våfflan var redan ute vid badstegen längst ut när Niklas kom fram till bryggan. Niklas gick ut på bryggan och kastade sedan bollen, som han hade i fickan på byxorna, så långt ut i havet som han förmådde. Våfflan tvekade inte, utan tog sats och hoppade i. Niklas tog av sig den svettiga t-shirten och shortsen och hoppade i efter hunden i bara kalsongerna.

De hade han också sovit i, men om även de luktade illa visste han inte.

De badade en stund. Niklas passade på att tvätta sig under armarna och mellan benen.

Det var färre maneter här än på badstranden längre norrut.

17

Du är min trucker, motherfucker, där du rullar gatan fram.

Efter en snabb frukost bestående av Finncrisp och hamburgerost hade Niklas plockat på sig Lars Kepler-boken och tagit på Våfflan bilselen. De åkte den korta sträckan till biblioteket och lyssnade på P3 på radion. De unga vuxna i statsradion spelade nysläppta låtar av varierande kvalitet.

Jag är din trucker, motherfucker, där jag rullar gatan fram.

Det var knappt någon trafik på vägen men utanför biblioteket stod en gammal, silverfärgad Saab och en vit, lite nyare Volkswagen parkerade sida vid sida. Niklas ställde bilen bredvid folkvagnen. Han valde att backa in så det skulle vara lättare att åka därifrån sedan.

Niklas gick fram till dörren till biblioteket. *Öppettider: 10.00–13.00, tisdag och torsdag.* Niklas tittade på klockan. 09.48. Han provade att trycka ned handtaget, men dörren var fortfarande låst. Våfflan tittade på honom.

Jaha, vi får vänta.

Det hördes ett skrammel inifrån biblioteket. Niklas tittade in och såg Eva skjuta en liten bokvagn framför sig med böcker som skulle sorteras in alfabetiskt i hyllan. Han knackade på fönsterrutan. Eva såg upp.

Eva låste upp dörren och släppte in dem kort därefter.

– Du får egentligen inte ta in hunden här, men den där raringen är så söt så hon får komma in ändå!

Niklas och Våfflan följde efter Eva och bokvagnen längre in i lokalen.

– Jag tog med mig den här, sa han och visade Lars Kepler-boken för Eva.

– Jaha, har du glömt att lämna tillbaka den?

– Nej, jag tror det är min egen bok.

Niklas rodnade och kände sig som ett fån. Varför skulle det kommunala biblioteket vilja ha en dussindeckare i pocket som medborgargåva, framför allt från en medborgare som var utsocknes?

Till Niklas stora förvåning tog Eva emot boken och la den i bokvagnen.

– Kepler är nog populär nästa sommar, sa hon. Om du har några Malcolm Gladwell kan du lämna in dem också. Tjänstemännen från Stockholm verkar inte få nog av honom. Eller av vilken storpocket som helst som det står New York Times Bestseller på när jag tänker efter. Fast så många av de gubbarna kommer väl i och för sig inte hit till biblioteket och lånar böcker.

Niklas nickade.

– Vill du ha kaffe? sa Eva sedan. Jag har precis bryggt en kanna, men det är bara jag här så det finns mer än nog till oss båda.

De gick in i ett litet pentry bakom utlåningsdisken. Eva tog fram två bruna muggar ur skåpet på väggen.

– Mjölk? frågade hon.

– Nej tack, svart går bra.

– Det var tur det, för jag har ingen mjölk.

Eva hällde upp kaffet i muggarna och gav den ena till Niklas. Sedan gick hon ut till bokvagnen för att fortsätta sortera in böcker i hyllorna.

Niklas sippade på sitt kaffe och bläddrade bland tidningarna som låg på ett bord bredvid dörren. Bordet hade ben i rostfritt stål. Bordsskivan var en björkinspirerad laminatskiva som hade börjat släppa i kanterna.

Ölandsbladet, Barometern och Smålandsposten, men de var alla några dagar gamla.

Niklas hittade även en hög med vältummade Hänt Extra. De flesta korsord var redan ifyllda, men med blyerts, så det gick att sudda och börja om ifall någon nu hade lust med det.

You've got the sweetest ass in the world.

Eva hade satt på radion. Det lät som P3 med de nya låtarna.

Niklas drack upp kaffet. Han och Våfflan skulle precis tacka för sig, när dörren öppnades och den andra tvillingsystern, Camilla, klev in.

– Eva gullet! ropade Camilla. Har du nyckeln till simhallen? Ronny och jag tänkte bada.

Camilla såg sig om i biblioteket och upptäckte Niklas.

– Ojdå, jag visste inte att du hade sällskap, sa hon sedan och blinkade åt Niklas.

Det var verkligen svårt att skilja de två tvillingsystrarna åt, i alla fall till utseendet och på håll då parfymdoften inte kunde avslöja vem som var vem.

18

Det hade visat sig att Eva inte bara jobbade som bibliotekarie utan även med bake-off för Kerstin i mataffären om morgnarna samt med pH-mätning av den lilla simbassängen i skolan två kvällar i veckan. Vattnet fick varken vara för basiskt eller för surt. Det mätte Eva med en kombinationselektrod, men Niklas hade inte begripit vad det var för något. Ett vattenprov togs i en flaska som sattes direkt i en provväxlare. Provet överfördes från flaskans botten via en slangpump genom ett termostatbad till en flödescell i vilken elektroden var fastsatt. Låg värdet runt 7,4 var det bra. Annars fick hon justera med kemikalier, mest klor.

Ungefär så hade Eva förklarat. Niklas hade mest nickat och hummat uppmuntrande.

– Det där lär man ju sig på grundkursen på kemistprogrammet, sa Eva när hon märkte att Niklas inte riktigt hängde med. Fast jag skrev aldrig C-uppsatsen för det var roligare med informationsvetenskap. Och här är jag nu som underbetald bibliotekarie. Det kanske hade varit lukrativare att jobba som assistent i labbet på Linnéuniversitetet i Växjö, när jag tänker efter.

När Camilla hade stövlat in på biblioteket hade hon undrat om Niklas var nöjd med Bluetooth-högtalaren som han hade vunnit på bingospelet. Därefter hade hon hämtat en brun mugg i pentryt och fyllt på kaffe åt sig själv, Niklas och Eva. Våfflan hade hon gett vatten i en urdiskad plastlåda från Guijes foodtruck. Takeaway.

Därefter hade samtalet flutit på bra, även om Niklas var glad att Camilla var pratsam så han slapp hitta på egna samtalsämnen. De hade avhandlat de olika jobb i Småland som Eva hade haft innan hon hade valt att flytta hem igen till ön för några år sedan. I förbifarten hade Eva nämnt Camillas lovande friidrottskarriär för länge sedan, men det hade Camilla inte velat tala om. Tydligen var det ett känsligt ämne. Att inte vara lika bra som Carolina Klüft i sjukamp fanns det helt enkelt inget mer att orda om.

Camilla och Eva hade även skvallrat om Ronny.

– Eva här är så driftig med alla sina olika arbeten. Själv jobbar jag ju bara där borta på seniorboendet efter att jag tröttnade på att vara allt-i-allo hos Hasse på campingen.

Niklas såg frågande på Camilla.

– Hasse är min exman. En riktig tråkmåns. Att byta ut IFK Växjö mot att skrubba dass på en campingplats hör nog till mina sämre beslut i livet.

Camilla suckade.

– Då är det bra mycket roligare med seniorerna. Men nu har Agneta, Arne, Rolf och de andra precis fått sin lunch så jag kan ta en liten paus.

Niklas nickade.

– Visste du att Arne och Agneta målar tillsammans? Mest olja. Havsmotiv, skepp, lastbåtar, några enbuskar och väderkvarnar. Motiv som det finns gott om här på ön och runt omkring. Arne lägger fundamentet och Agneta målar dit detaljerna. De försökte sig på kroki häromåret, men det var bara Rolf som ställde upp som nakenmodell så skisserna blev lite suddiga. Han hade så svårt att stå still, stackarn!

Camilla tittade på sin syster.

– Eva, du borde ställa upp! Du som är så snygg!

Hon ställde ner kaffekoppen på utlåningsdisken.

– Vad heter hunden förresten, frågade Camilla.

– Hon heter Våfflan.

– Fin hund!

*

Klockan hade slagit tolv när Ronny klev in på biblioteket. Niklas stod i pentryt och diskade de urdruckna kaffekopparna med en sällsynt sliten diskborste och diskmedel som nog hade spätts ut med vatten mer än en gång under sommaren. Camilla krafsade Våfflan bakom örat. Eva sorterade böcker i vagnen.

– Jag har lunchstängt i affären, sa Ronny. Ska vi bada eller?

– Nu eller aldrig, sa Camilla. Jag behöver ordna med klockan tre-fika åt seniorerna sedan.
Camilla tittade efter sin syster.
– Eva gullet, kan vi låna nycklarna till simhallen?
Eva ställde undan den nu tomma vagnen avsedd för böcker att sortera in i hyllorna och gick in bakom utlåningsdisken. Hon plockade upp en nyckelknippa bakom disken och räckte den till Camilla.
– Kom ihåg att släcka efter er.

19

Simhallen låg i skolans idrottsbyggnad alldeles bredvid biblioteket. De gick runt hörnet till bakdörren. Camilla låste upp och släppte in Ronny, Niklas och Våfflan. De kom in i en lång korridor. Väggarna bestod av vitmålat tegel. Det luktade instängt av rå och lite fuktig, gammal betong. Niklas räknade till tre röda dörrar med tio meters mellanrum på den högra sidan av korridoren.

Camilla gick fram till den sista dörren och låste upp. Innanför dörren fanns ett litet omklädningsrum. Niklas skymtade några duschar bakom en öppning i väggen till vänster.

– Ni får ta det här, sa Camilla. Jag går till tjejernas.

Camilla öppnade dörren mitt emot den de kommit in genom. En doft av klor slog emot Niklas. Camilla gick ut och stängde dörren efter sig.

– Tror du hunden vill bada? frågade Ronny som redan stod i bara kalsongerna vid bänken som sträckte sig längs hela väggen på långsidan av rummet. Jeansen hade han hängt upp på en krok men t-shirten, som nog hade varit svart för flera år sedan men nu var urblekt och som det stod Guitar Hero på, hade han bara slängt på bänken. Strumporna verkade mer eller mindre ha fastnat i Ronnys sneakers där han hade klivit ur dem.

Ronny var uppenbarligen redo.

– Får hon det? undrade Niklas.

Ronny tittade först på Niklas, sedan på Våfflan och slutligen på Niklas igen.

– Den där nakenhunden fäller väl knappast så mycket, eller? sa han sedan. Vi får väl be Eva tömma luddfiltret om det behövs annars. Filtret är ändå fullt av långa hårstrån. Seniorerna har vattenyoga här varje vecka och en del av dem slarvar mer än lovligt med badmössorna.

Niklas tog av sig kläderna, men lät kalsongerna vara på. Han var glad att han hade bytt underkläder efter morgonens bad vid bryggan. Våfflan fick behålla halsbandet runt halsen, men Niklas la hennes ihoprullade koppel bredvid de röda shortsen som han hade lagt på bänken.

– Då går vi! sa Ronny.

*

Simbassängen var inte speciellt stor, men det fanns en liten vattenrutschkana i ena änden som Ronny lyckades starta genom att trycka på en knapp i ett skåp vid nödutgången som gick mot baksidan av idrottsbyggnaden. Camilla hade inte dykt upp än från det andra omklädningsrummet när Ronny dök i med ett plask.

Niklas och Våfflan gick runt bassängen till den grunda sidan. Niklas tog stegen och kände på vattnet med tårna. Han gissade på 25 grader. Klorlukten var märkbar. Han klev ner i bassängen.

– Hunden, kolla vad jag hittade! ropade Ronny och slängde en röd plastboll i bassängen.

Våfflan var inte sen att hoppa i.

De fick väl tömma luddfiltret sen om det behövdes, tänkte Niklas. Risken att Våfflan skulle kissa i bassängen var försumbar även om hon blev exalterad av att hoppa efter bollen.

*

När de hade badat i ungefär en timme tyckte Niklas att Våfflan och han hade plaskat klart. Han behövde köpa hundmat i mataffären. Dessutom misstänkte han att hunden kanske ändå var kissnödig. Det kändes inte bra att lämna alltför mycket päls i bassängen, luddfilter eller inte, men kiss hade varit ännu värre.

Ronny hade försökt locka upp Våfflan i den lilla vattenrutschkanan, men hon hade vägrat klättra upp för trappan. Bollen var ändå roligast, framför allt när Camilla kastade. Hon hade ett bra kast. Kanske hade Camilla kastat spjut i friidrottsföreningen i ungdomen. Så var det nog, tänkte Niklas men han hade inte vågat fråga.

Camilla och Ronny stannade kvar i simhallen, när Niklas och Våfflan lämnade dem.

– Vi ska bara städa upp, sa Camilla lite skamset.

– Vi måste tömma luddfiltret, flinade Ronny.

Det verkade som om Ronny och Camilla tänkte börja sin gemensamma städning i damernas omklädningsrum. Det var väl i och för sig praktiskt att inte slösa på varmvattnet genom att använda två duschar om man kunde dela på en.

*

Niklas och Våfflan gick ut till parkeringen. Niklas hade de blöta kalsongerna i handen. Det kändes ovant att låta Lill-Niklas dingla fritt innanför byxorna, men det fanns inget han kunde göra åt den saken så han lät det hela bero.

Niklas vinkade till Eva inne på biblioteket när han låste upp bilen för att släppa in Våfflan. Eva vinkade tillbaka. Hon höll på med att plocka in böcker i en hylla igen. Våfflan hoppade in i bilen och satte igång att gnida sig torr mot tyget i baksätet.

Niklas öppnade dörren på förarsidan och skulle precis kliva in när Eva ropade från dörren till biblioteket:

– Är Camilla kvar i simhallen?

Niklas log besvärat. Eva kom gående från biblioteket till parkeringen.

– Camilla och Ronny är kvar, ja.

– Det ante mig, sa Eva.

Niklas tyckte inte att hon verkade besvärad, även om hon nog hade räknat ut vad som pågick. Eva hade snarast fått något drömskt i blicken.

Niklas funderade en stund. Sedan sa han:

– Vet du hur länge Ronny har haft el- och lampaffären?

Eva tittade upp och såg frågande på honom.

– Varför undrar du det?

Niklas ryckte på axlarna.

– Jag tänkte mest att skyltfönstret är fullt med gamla teveapparater från förr i tiden. Dammiga teveapparater. Så han måste ha haft affären i många år.

– Nä, inte egentligen. Ronny har drivit butiken i några år nu, men det var hans farfar som startade den. Jag tror det var på 60-talet. Oskar hette han. Först med färgteve på ön, sägs det. Sen tog Ronnys pappa Kenneth över när Oskar gick i pension. Det var på 90-talet någon gång. Och nu är det Ronny som sköter affärerna.

– Så de har haft butiken i tre generationer, konstaterade Niklas.

Eva nickade.

– Så är det. Om du tittar i skyltfönstret så ser du att där finns teveapparater från kanske fyra-fem decennier uppradade bakom glaset. Det var farfar Oskar som började. Han var stor återförsäljare av Telefunken när det begav sig. Camilla och jag hade en sån hemma när vi var barn. Och vete tusan om inte Arne och Agneta fortfarande har en sån.

Eva pekade mot radhusen på andra sidan vägen.

Niklas nickade.

– Jag begriper inte hur det kan löna sig med en el- och lampaffär här, sa han sedan.

Eva skrattade.

– Ja, så många teveapparater säljer han knappast. Men desto mer värmepumpar och kaffemaskiner. De säljer som smör över hela Småland. E-handel du vet. Och här på ön tillkommer installationsarbete för det blir för dyrt för smålänningarna att köra hit ut och konkurrera. Rut och rot. Bra pengar.

Niklas kom inte på något mer att säga. Han undrade hur Eva kunde ha så bra koll på Ronnys affärsverksamhet, men bestämde sig för att inte fråga mer.

Våfflan verkade ha torkat sig klart i inredningen i bilen och tittade på dem genom vindrutan från baksätet.

– Toppen, sa Niklas sedan. Jag ska ta mig till mataffären nu.

– Lycka till! sa Eva och vände sig om och började gå mot simhallen.

Niklas skulle precis sätta sig i bilen och köra iväg när Eva vände sig om och ropade:

– Är det olåst på baksidan?

Niklas såg oförstående ut.

– Till simhallen. Camilla kan nog behöva hjälp med att tömma silen.

Niklas tyckte att Eva rodnade, men det var svårt att veta säkert på det avståndet.

– Jag tror det, stammade Niklas.

– Bra, sa Eva och började gå mot simhallen igen. Då går jag och rensar lite. Camilla kan behöva hjälp med Ronny. Dessutom var han min först.

*

Niklas körde ut från parkeringen och upp på vägen. Utanför seniorboendet stod gubben som ganska säkert hette Rolf och Arne och språkade. I övrigt var det folktomt.

På mataffärens parkering var det också stillsamt. Jordgubbsståndet var fortfarande kvar men lika övergivet som tidigare. De två partifunktionärerna från Socialdemokraterna syntes inte heller till. Eftersom de brukade bära reflexväst även mitt på dagen så tänkte Niklas att han skulle ha sett dem om de hade varit där.

Niklas parkerade på den bästa platsen närmast ingången och stängde av motorn.

– Vänta här, Våfflan. Jag kommer strax.

Han stängde dörren men låste inte så hunden inte skulle utlösa larmet.

*

Inne i affären var det lite mer liv, men bara en kassa var öppen. Där satt Kerstin och blippade varor. Det var inte lång kö, men hon verkade ändå ha att göra och en lagom mängd kunder att prata med.

Niklas tog en varukorg och gick längre in i affären. I brödhyllan plockade han på sig en Hallandslimpa som var på extrapris för stamklubbsmedlemmar. Han la också ner två stora flaskor av den sockerfria varianten av butikskedjans egen coladryck. Två för tjugofem exklusive pant. På kylavdelningen hittade han finskuren, kallrökt bog i rosa plastförpackning.

Strax innan kassan, runt hörnet där toalettpappret, fryspåsarna och grillkolen fanns, höll Niklas på att krocka med tysken som stod och inspekterade det smala utbudet av termosar.

– Ah, Niklas mein Freund! sa tysken.

– Hallo Michael, wie geht's?

Det visade sig att Michael hade packat ihop tältet och flyttat in i bilen. Han var lite orolig att det inte skulle ses med blida ögon om han sov i den på kundparkeringen utanför mataffären. Men en termos med varmt kaffe skulle ändå vara bra att ha. Michael hade även lagt ner två paket bratwurst, en engångsgrill och en liten plastburk som det stod "Västerviks Senap stark" på.

Niklas plockade ner en stor konservburk med blötmat till Våfflan och sa sedan:

– Aber Michael, brauchen Sie einen Schlafplatz?

Michael sken upp och de kom överens om att Michael gott kunde sova över i Niklas gästhus. Michael lovade att "die Klimaanlage nicht benutzen" oavsett om det blev varmt på natten. Med efterklokhetens kranka blekhet var han nog lite skamsen över utfallet av tyskarnas energiomställning, Energiewende, som hade gjort dem så beroende av den ryska naturgasen.

20

Niklas och Michael hade parkerat bilarna utanför huset och lyft in matvarorna i köket. Våfflan fick torrfoder blandat med blötmat. Eftermiddagssolen gassade och det hade blivit tryckande varmt, nästan kvalmigt.

Michael installerade sig i gästhuset och bäddade med lakan som Niklas hade hämtat i garderoben i det stora huset. När han fick syn på cyklarna som fortfarande stod parkerade bredvid boden, sken Michael upp.

– Hey, Bock auf 'ne Runde schwimmen? sa tysken. Vielleicht nehmen wir die Fahrräder?

Michael pekade på cyklarna då han begrep att Niklas inte förstod vad Fahrräder betydde och kanske inte så mycket annat av vad han precis hade sagt.

– Wie wär's mit Grillen? sa Michael sedan.

Så fick det bli. Niklas plockade fram strandväskan och packade ner två badlakan, en flaska lågprisläsk, två plastglas och engångsbestick i trä. Michael hade redan allt han behövde i papperskassen från mataffären, förutom tändstickor och tändvätska som Niklas hämtade i köket.

*

Nere vid badbryggan var det vindstilla och folktomt. Det var ännu mer kvalmigt i luften här än uppe vid huset.

Niklas och Michael klädde av sig vid den långa bänken bakom enbuskarna. Våfflan var redan ute på bryggan. Hon var varm efter att ha sprungit bredvid cyklarna till stranden.

Niklas klättrade ner för badstegen och plockade upp badtermometern som låg och flöt på ytan av vattnet. Den visade 22 grader.

– Das Wasser är sehr varmt, sa Niklas. Zweiundzwanzig.

Niklas simmade ut och tysken hoppade i efter honom. Våfflan, som inte ville bli kvar ensam på bryggan, tog sats och hoppade i hon också. Hon missade Michaels huvud med en hårsmån och försökte därefter klättra upp på hans axlar. Michael tog upp henne i famnen.

De tog sig ut till det grunda partiet en bit ut i viken där också Våfflan bottnade. Michael lyfte ner hunden och satte sig sedan bredvid Niklas på den mjuka sandbotten.

– Ich bin echt happy, dass mein Auto jetzt geflickt ist, sa Michael. Am Sonntag geht's zurück nach Hause!

– Nach Düsseldorf? hasplade Niklas ur sig efter en stund när han trodde sig ha förstått vad Michael hade sagt.

– Dortmund. Meine Frau Gertrude und die Kinder warten darauf, dass ich nach Hause zurückkomme.

Niklas förstod inte allting som Michael berättade sedan, men det verkade som om tysken hade tänkt ta färjan från Rødby till Puttgarden på söndag kväll för att sedan övernatta hos en gammal kamrat från studietiden i Hamburg. Kamraten bodde numera i Lübeck. Michael hade träffat honom på grundkursen i offentlig förvaltning för flera år sedan. Drygt ett tusen kilometer var det till hemmet i Dortmund. Men det skulle gå nu då bilen var reparerad, så länge det gick smidigt att ta sig över Öresundsbron.

– Ich sollte am Montagabend zu Hause sein. Solange es keinen Stau auf der Autobahn gibt.

Niklas nickade, även om han inte visste så mycket om köbildning på tyska motorvägar.

De badade en stund till. Våfflan försökte fiska efter maneter, men lyckades inte fånga dem trots att hon tryckte ner huvudet långt under vattenytan.

– Ah, ich liebe Schweden! sa tysken.

– Warum?

Michael berättade att han och Gertrude hade tillbringat några veckor i södra Sverige varje sommar i över tio år. När barnen hade kommit hade de fastnat för samma camping på ön.

– Wasserrutsche! Die Kinder lieben die Wasserrutschen.

Niklas nickade. Det var alltså vattenrutschkanan som var dragplåstret.

105

Michael berättade att de hade fastnat för Sverige, inte enbart på grund av vattenrutschkanan, utan även tack vare friggeboden på campingen.

– Die besten Erfindungen überhaupt sind diese winzigen, günstigen Häuser!

Det visade sig att det fanns en massa med Sverige som en tysk kunde uppskatta. Framför allt Gertrude som var född i Dresden under DDR-tiden.

Folköl och folkhem. (*In Dresden gab es Volkspolizei und Volkspark, ihr Schweden habt Volksbier!*)

Sockerdricka. (*Soda nur mit Zucker ... für die Kinder!*)

Volvo. (*Sicherer als Volkswagen, besser als Trabant!*)

– Und vielleicht am wichtigsten: Bonbons, die nicht nach Joghurt schmeckten.

*

När de hade badat klart och torkat sig, plockade tysken fram engångsgrillen han hade köpt i mataffären och placerade den i sanden mellan strandstenarna intill bryggan. Niklas räckte honom tändvätskan och tändstickorna. Eftersom det var vindstilla var det enkelt att få fyr på kolen.

De borde ha väntat lite längre innan de la på korven på grillen för bratwursten blev något bränd. Men den smakade gott tillsammans med den söta men ändå starka senapen från Västervik.

När de hade ätit och druckit upp, märkte de att vattnet i viken inte längre var spegelblankt. Det var inte vindstilla som tidigare. Blåsten kom i byar och över fastlandet i väster hade mörka moln börjat bildas. Kanske var det dags för omslag i vädret.

Michael packade ihop deras saker medan Niklas dränkte glöden med vatten från viken. De la packningen på cyklarnas pakethållare och började trampa hemåt mot huset. Våfflan sprang bredvid.

*

– Hast du Terminator gesehen? frågade Niklas när de hade kommit fram till huset.
Han gick fram till soffan och plockade upp fjärrkontrollen.
– Mit Arnold? Ja, aber nur die ersten Filme, eins und zwei.
– Vad bra! sa Niklas. Dann können wir uns Film drei und vier gucken.
De tittade på The Terminator, del tre och fyra, på raken. Niklas gillade fyran mer än trean. Tysken var beredd att hålla med.
Den andra flaskan lågprisläsk tog slut innan kvällen var över. Vindbyarna ven runt husknuten. Solcellslyktorna vajade i trädgården.
Det började regna. Hårda, tunga droppar.

FREDAG

21

Regnet och vinden växte i styrka under natten. Någon gång efter midnatt passerade åskan rakt över huset. Våfflan var orolig och hade svårt att komma till ro. Hon gillade inte knallarna eller det plötsliga ljusskenet när blixten slog ner någonstans i markerna mot havet. Niklas hade flyttat Våfflans bädd till den andra sidan av sängen, längre bort från fönstret. Han hade dragit ned rullgardinen ordentligt för att hålla ljuset från blixtarna ute.

På något sätt hade de ändå lyckats somna när de värsta knallarna hade passerat, men Niklas sov inte speciellt djupt så han vaknade snabbt till ljudet av att någon stod och bankade på ytterdörren.

Niklas tittade på klockan på mobiltelefonen.

03.12.

Regnet smattrade fortfarande mot fönsterblecket, men mullret verkade i alla fall avlägset.

Våfflan stod redan vid den stängda sovrumsdörren och morrade. Hon ville se vem det var som stod där och bankade mitt i natten. Niklas släppte ut hunden. Våfflan sprang till ytterdörren. Hon började skälla på någon på andra sidan.

– Vem är det? undrade Niklas när han kom fram till dörren. Det smala fönstret i dörren var så blött att det var svårt att urskilja vem figuren var som stod utanför.

– Det är Ronny! ropade Ronny. Öppna! Det är viktigt!

Niklas öppnade dörren och släppte in Ronny. Han hade en gul regnrock på sig och en matchande sydväst på huvudet. Niklas upptäckte att Ronny hade knäppt knapparna fel, men det verkade inte bekymra honom märkbart. Han hade nog haft bråttom att komma iväg.

Ronny hade ställt tjockcykeln slarvigt i gruset bredvid tyskens Volvo. Någon hjälm verkade han inte ha fått med sig.

– Vad är det som har hänt? frågade Niklas när de gick in i köket. I gästhuset tändes en lampa och efter en stund kom tysken in genom den olåsta altandörren.

– Arne har hamnat på sjukan, sa Ronny. De hämtade honom för en timme sen ungefär med ambulans. Agneta är utom sig. Hon behöver skjuts! Det var tydligen så bråttom så de glömde ta med sig tanten.

Tysken begrep inte hälften av vad Ronny sa, men uppenbarligen hade han förstått att det var bråttom och att det behövdes en bil.

– Wir körnen mein Auto nehmen, sa Michael. Dann fahren wir!

*

Under den korta färden in till byn, berättade Ronny vad han visste medan han krafsade Våfflan, som låg i hans knä i baksätet, bakom örat.

Agneta hade vaknat till att Arne andades häftigt och klagade på skarp, diffus smärta i bröstet. Han hade haft svårt att andas. Agneta hade kallat på nattpersonalen, som råkade vara Camilla. Camilla hade ringt efter ambulans. Och nu var Arne på väg till lasarettet i Kalmar, men Agneta var fortfarande hemma tillsammans med Camilla som inte kunde lämna de andra på seniorboendet för att skjutsa Agneta efter ambulansen till sjukhuset.

Tysken tog en genväg och rattade Volvon över gräsmattan in på seniorboendets parkering. Camillas Renault Zoe stod parkerad på laddplatsen men utan att vara inkopplad i laddstolpen. Volvon rullade in bredvid Camillas bil och hamnade nästan i rutan. Michael hade stängt av motorn och öppnat dörren innan bilen hade stannat helt.

De rundade hörnet av det stora huset och gick fram till längan med små radhus. Det lyste i fönstret hos Arne och Agneta. Camilla öppnade dörren innan de hann knacka på.

– Bra att ni är här! sa hon. Agneta är orolig, men hon är påklädd och redo att åka.

Ronny nickade och gick in. Camilla hjälpte Agneta att ta på gympaskorna med kardborrefästning.

– Lämna hunden hos mig så kommer ni iväg snabbare, sa Camilla.

*

Michael körde söderut på landsvägen klart över tillåten maxhastighet. Niklas satt i passagerarsätet. Volvon spann i alla fall som en katt. Det var alltid något. Totte verkade kunna sitt hantverk. Vindrutetorkarna gick på högsta hastighet för att fösa undan regnvattnet.

– Achtung für Tiere, sa Niklas och spanade längs med vägrenen och i diket efter rådjur, grävlingar och andra nattaktiva djur. Hittills hade han inte sett några. Kanske låg djuren och tryckte längre bort på grund av ovädret som blev värre ju längre söderut de kom.

Ronny satt och höll om Agneta i baksätet. Den värsta chocken hade lagt sig och hon var pratbar igen.

– Jag förstår inte vad som kan ha hänt, sa Agneta. Måtte han klara sig. Jag är så orolig!

Ronny kramade om tanten hårdare.

– Arne är i goda händer. Det ska nog gå bra det här.

– Jag borde ha låtit honom använda rollatorn. Han fick så ont i ryggen och benen av att gå runt med gräsklipparen hela tiden. Det tog på krafterna!

Ronny kliade sig i skägget. Agneta tittade ner i knäet.

– Men han har väl inte haft liknande besvär tidigare, eller hur? undrade Ronny.

Agneta skakade på huvudet.

– Märkligt. Kanske fick han i sig något som han inte tål, sa Ronny sedan.

Agneta tittade ut genom fönstret. Ovädret fortsatte. Hon suckade.

– Jag har inte varit så här orolig sen den gången Arne var ombord på Tor Britannia på väg från Göteborg till England och färjan hamnade mitt i en ruskig höststorm på Nordsjön.

Niklas vände sig om och tittade på Agneta.

– Har Arne varit sjöman?

– Han skeppade potatis som matros så där som många andra i ungdomen. Sen mönstrade han på i Göteborg för Englandstrafiken på 70-talet. Först på Tor Line i många år men de blev ju sedan Scandinavian Seaways. Innan pensionen åkte han fram och tillbaka till Fredrikshavn på Stena Jutlandica. Fast han slutade efter branden på Scandinavian Star. Jag tror det var 1990.

Agneta sänkte blicken.

– Över hundra personer dog.

Ronny skakade på huvudet.

– Fy sjutton, sa han sedan.

Niklas kliade sig på hakan.

– Var Arne ombord på Scandinavian Star? frågade han sedan.

– Nej, sa Agneta. Arne jobbade inte på den färjan. Den gick mellan Fredrikshavn och Oslo. Men han kände några stycken i besättningen som han brukade spela biljard med på hamnpuben i Fredrikshavn.

– Förskräcklig brand, det där, sa Agneta sedan. Arne pensionerade sig kort därefter. Jag höll ut i ett år till.

– Har du också jobbat på Danmarksfärjorna? undrade Niklas.

– Ja, fast vi träffades på Englandsfärjan. Jag jobbade i taxfree-butiken på Tor Scandinavia. Och Arne var svag för sega råttor som vi hade i mängder. Det var så han fick syn på mig. Snyggaste Agneta, bättre än Fältskog, brukade han säga. Agneta fick något drömskt i blicken. Hon slickade sig sakta om de torra, smala läpparna.

– Det var tider det. På somrarna ordnade besättningen med lerduveskytte på soldäck för passagerarna. Det behövdes lite tidsfördriv på den långa överfarten. När det lugnade ner sig mot september och turisterna blev färre hann vi i personalen skjuta en hel del lerduvor, vi också. Jag blev riktigt träffsäker till sist.

Det började ljusna i öster när de närmade sig bron. Åskan hade gått vidare in över fastlandet, men regnet ville inte ge vika.

22

Klockan var strax efter fem på morgonen när Michael parkerade sin Volvo V70 Classic på parkeringen utanför sjukhuset. Bilen stod rakt och fint i rutan, märkte Niklas. Ronny hjälpte Agneta att komma ur bilen och la sin gula regnrock om henne, medan Michael hämtade rollatorn i bagageutrymmet bak i bilen. Niklas tog upp telefonen och startade parkeringen via Easy Park-appen. Han undrade stilla om det skulle funka med en tyskregistrerad bil.

De gick in genom dörrarna till akuten. Det var tomt på folk.

Sjuksköterskan bakom disken tittade upp från datorn när de kom in.

Ronny gick fram till disken.

– Vi är här för Arne, sa Ronny. Hans fru Agneta är här.

Ronny pekade på Agneta som stod och lutade sig över rollatorn i den gula regnrocken.

– Arne kom in med ambulans för några timmar sedan.

Sjuksköterskan som hette Lillemor enligt namnskylten på den ljusblå skjortan tittade på dem.

– Arne Johansson alltså. Ja, jag meddelar jourläkaren att ni är här. De tar väl hand om honom därinne.

Niklas hjälpte Agneta att sätta sig på en av de svarta stolarna längs med väggen på långsidan. Tysken satte sig mittemot, tog stöd med armbågarna mot knäna och lutade sin skäggiga haka mot handflatorna. Ronny slog sig ned bredvid Agneta. Han la sydvästen i knät och tog Agnetas hand.

– Du ska se att det går bra, sa han sedan.

Agneta stirrade ner i golvet. Ronny smekte Agneta på ovansidan av den skrynkliga handen, tärd av ett hårt liv bland sega råttor och matroser långt ute till havs.

*

De hade inte suttit där längre än en kvart när en läkare som Niklas bedömde var i den sena trettioårsåldern kom in i väntrummet. Hon hade mörkt, mellanlångt hår uppsatt i en hästsvans och såg förvånansvärt pigg ut för att ha jobbat hela natten.

– Arne Johansson? sa läkaren undrande.

Agneta tittade upp.

– Det är min man, sa hon och försökte resa sig.

– Sitt kvar, sa läkaren och gick fram till Agneta och satte sig bredvid henne på den lediga stolen på andra sidan.

– Jag heter Janet Jacobsson och jag är jourläkare här inatt.

Niklas funderade på hur vanligt det var att man hette Janet med långt a, men det var inte läge att fråga.

– Först vill jag säga att Arnes tillstånd är under kontroll, sa Janet och klappade Agneta på handen. Du kan vara lugn.

– Han har drabbats av venös tromboembolism, alltså ett slags blodpropp, men den har inte nått lungorna eller hjärnan. Vi behandlar honom med blodförtunnande och det verkar hjälpa.

Janet tittade sig omkring som om hon funderade på om hon skulle fortsätta prata med Agneta i väntrummet eller om hon borde hjälpa den gamla damen till ett behandlingsrum. Sedan vände hon sig om mot Agneta igen.

– Det vi inte kan förstå är varför han hade skyhöga halter med östrogen i blodet när han kom in. Vet du något om detta?

Agneta såg oförstående ut.

– Östrogen? Som i kvinnligt könshormon? sa Ronny sedan.

– Ursäkta, vem är du? undrade Janet. Hon tittade intensivt på Ronny som fortfarande smekte ovansidan av Agnetas högra hand.

– Det är bara Ronny, sa Agneta. Han är med mig.

Janet vände sig tillbaka mot Agneta.

– Går Arne på hormonbehandling?

Agneta stirrade på Janet.

– Hormonbehandling? Nä. Det kan jag då lova att han inte gör.

– Hm, muttrade Janet. Jag tänkte väl det. Att genomgå könskorrigering i hans ålder verkar inte sannolikt.

– Könskorrigering, mumlade Agneta. Hon drog händerna åt sig och satte dem i knät.

Det blev tyst i väntrummet i närmare en halv minut. Ronny kliade sig i skäggstubben. Han såg fundersam ut.

– Agneta, sa han sedan. Jag tror att jag ska ringa Rolf.

*

Gubben som kanske hette Rolf svarade på tredje signalen. När det hade gått upp för honom att det var Ronny som ringde och att han ringde från sjukhuset var han klarvaken.

– Voltaren fick han. Jag är ganska säker på det.

Ronny hörde hur Rolf hasade sig runt där hemma hos sig. Knäppet från att Rolf tände taklampan hördes över telefonlinjen.

– Nu ska vi se, sa Rolf.

Det lät som om han öppnade en väska.

– Här har jag en karta. Jag ska bara ta på mig glasögonen.

Rolf rotade i sin väska så det prasslade i Ronnys öra.

– Jag har två kartor här. Den ena innehåller diklofenak, står det. Voltaren alltså.

Det blev tyst en stund, sen sa Rolf:

– Den andra står det etinylestradiol på, sa Rolf.

Ronny tittade på Agneta.

– Vad är det?, sa Rolf sedan i andra änden av luren. Prionelle 28 står det också. Hälften av pillren är borta. Kan det vara ...

Ronny vände sig från Agneta mot Janet.

– Prionelle 28, vet du vad det är för något?

Janet spärrade upp ögonen.

– Det är ett hormonellt preventivmedel. P-piller.

Hon såg sig om i rummet.

– Agneta, kom så hittar vi ett rum längre in där du kan få vila. Jag behöver kolla upp några saker.

23

Regnet hade upphört när Michael, Ronny och Niklas åkte tillbaka över bron som korsade det några kilometer breda sundet mellan fastlandet och ön. De satt tysta och försjunkna i sina egna tankar, men solen hade i alla fall hittat upp över horisonten.

När de hade kommit över bron hade molnen skingrat sig.

– Tror du hon klarar sig ensam? sa Niklas till sist.

– Ja, det går nog bra. Hon fick ju lägga sig i ett av behandlingsrummen.

– Hur kommer det sig att Rolf har p-piller i väskan? Och varför har han gett dem till Arne?

Ronny suckade.

– Du har kanske sett att Rolf går runt och rotar i sommargästernas brevlådor?

Niklas nickade.

– Jag tror att han har plockat på sig någon sommargästs e-handelspaket från apoteket.

Ronny himlade med ögonen.

– Han blandade nog ihop pillren bara. Arne har ju klagat på ont i ryggen i flera dagar nu.

Ronny lutade sig fram mot Niklas från baksätet.

– Vi borde ha lagat punkteringen på hans rollator för länge sen så han slapp gå runt med gräsklipparen.

De satt tysta ett tag. Tysken rattade Volvon norrut på landsvägen. Vägen var våt, men det regnade i alla fall inte längre. I hagarna på båda sidorna om vägen låg kor och tryckte vid stenmurarna.

Till sist hördes lätta snarkningar från baksätet. Ronny hade nickat till. Niklas hade svårt att hålla ögonen öppna, han också. Men Michael höll sig vaken till morgonprogrammet i P3. Han trummade med pekfingrarna på ratten i takt till musiken.

Du är min trucker, motherfucker, där du rullar gatan fram.

– Ah, das schwedische Musikwunder!

*

När de närmade sig den andra rondellen vid Byggmax och Sibylla, vaknade Ronny och sa:

– Michael, kör nach Beijer bygg, die Bauhaus därborta.

Ronny pekade mot bygghandeln på andra sidan rondellen.

– Vi går in och kollar om de har ny slang till Arnes rollator. Dessutom behöver jag en kaffe på Sibylla.

Ronny gäspade stort som för att hamra in sin poäng.

Michael gjorde som han blivit tillsagd och svängde av mot köpladorna på andra sidan rondellen. Det fanns gott om parkeringsplatser så här tidigt på morgonen men dörren till Sibylla stod redan öppen.

*

De beställde alla varsin dagens hamburgarmeny på Sibylla och kaffe till efterrätt. Tysken frågade den unge mannen bakom disken om de möjligen hade sockerdricka. Det tog ett tag för ynglingen att begripa vad Michael menade med Zuckergetränk, men sedan skakade han på huvudet.

– Nä, keine Zuckertrinken. Entschuldigung.

– Das ist egal, sa tysken. Das spielt keine Rolle.

Han tog sin bricka och gick och fyllde på pappmuggen med cola.

De satte sig vid ett bord under ett litet parasoll på den lilla uteserveringen. Någon hade torkat av bordet och stolarna, men det var fortfarande blött på asfalten efter nattens oväder, trots att solen gjorde sitt bästa att torka upp resterna.

– Dagens hamburgare är inte så stor, men de här feta pommesarna sitter som tungan i örat, sa Ronny.

Tysken sörplade i sig sin cola.

Niklas åt en pommes frites och vände sig mot Ronny.

– Du sa att Rolf brukade knycka paket ur sommargästernas brevlådor, sa han sedan. Hur vet du det?

Ronny tittade på Niklas.

– Ja alltså, började Ronny. Rolf körde lastbil länge. För DHL.

Michael tittade upp från sin cola. Han såg trött ut.

– DHL! utbrast han.

Ronny nickade mot honom.

Niklas såg frågande på Ronny.

Tysken återgick till att sörpla på sin cola.

– Och? sa Niklas.

– Rolf brukade leverera värmepumpar till mig bland annat, alltså till butiken. Och så skickade jag kaffekapslar och annat via DHL ...

– DHL! sa Michael igen. Han såg verkligen trött ut och nu var colan slut.

– ... så vi brukade ju pratas vid lite ibland. Han kom in på en kopp kaffe när han hade möjlighet. Mot slutet av hans aktiva år som lastbilschaufför blev det mycket kaffe och mindre lastbil. Till sist gick han i pension.

– Men vad har det med brevlådorna att göra? undrade Niklas.

Ronny kliade sig i skäggstubben. Han verkade fundera. Till sist sa han:

– Rolf hade svårt att sitta still när han hade levererat sin sista värmepump. Så jag gav honom i uppdrag att leverera paket i närområdet. Ja, alltså jag säljer ju inte bara grejer i butiken, utan det mesta går via Internet. Och du skulle bara veta hur många paket jag skickar ut under juli månad!

Niklas tog en pommes frites till.

– Jag tror det var då Rolf märkte hur mycket grejer som hamnar i de där små brevlådorna.

Niklas tittade på Ronny.

– Och du kan ju tänka dig vad som händer när beställningarna blir försenade hos grossisten och allt folk åker hem igen innan de har fått sina paket, sa Ronny sedan. Då ...
– ... blir paketen kvar och skräpar till skördefesten, fyllde Niklas i.

Ronny nickade.

– På den vägen är det. Bättre att någon tar hand om allt än att det börjar mögla i lådan.

*

När de hade ätit upp och hällt i sig kaffet, gick de tillbaka till Michaels V70 Classic.

– Ich muss ein Nickerchen machen, sa tysken och låste upp bilen.

Tysken klev in i baksätet och la sig ner på sidan. Han fick dra upp knäna en bra bit upp mot hakan för att få plats.

– Jaha, sa Ronny och tittade på Niklas. Kan det betyda tupplur månntro?

Niklas ryckte på axlarna.

Ronny fortsatte:

– Jag går till Beijer och kollar om de har grejer för att laga en punktering. Kan du kolla på Dollarstore?

Niklas nickade.

De började gå åt varsitt håll.

*

Butiken hade öppnat, men var folktom. Niklas tog en varukorg med hjul och drog in den i affären. Han undrade var de möjligen kunde ha cyklar och liknande utrustning. Någon smart affärsmänniska hade kopierat IKEA:s koncept så man var tvungen att följa en viss rutt för att bli exponerad för så många varor som möjligt.

Niklas passerade avdelningen med schampo och tvål. Han la ner två flaskor med något som verkade vara flytande marseilletvål. Två för trettio bagis. Ett fynd, tyckte Niklas.

På köksavdelningen plockade han ner bakplåtspapper. Två paket för trettio kronor.

Vid heminredningen valde han fyra doftljus som det stod "Mango! Stark rek! Brinntid 40 timmar" på. Fyra för hundra kronor.

När han hade hållit på så i ungefär tio minuter började varukorgen bli full. Två paket tvättmedel hade han lagt ner (femtio kronor) och ett storpack med hundra maskindisktabletter (sjuttiofem kronor).

Säcken med de tjugofyra toalettpappersrullarna fick han bära under armen. Det var lite bökigt men paketet kostade bara nittio kronor, vilket nog kunde anses vara ett kap.

Efter ett tag kom han fram till uteplatsavdelningen där de sålde grillkol och tändkuber. Niklas hade redan börjat misströsta. Hade de inga cykelattiraljer någonstans? Han plockade ner en grillmatta i något non stick-material och fortsatte.

Innan han hunnit fram till den gigantiska plockgodisväggen, alldeles intill djuravdelningen, såg han några cykelhjälmar hänga på en vägg. Han la ner ett storpack med ben av kohud och torkad kyckling, inte anka, i varukorgen (åttio kronor) och gick fram till hjälmarna.

Under hjälmarna, som det stod Mips på med stora bokstäver, hittade han det han sökte. Bredvid alla cykelslangar, ventiler och cykelpumpar såg Niklas ett paket

som det stod "Reparationssats för punktering" på. Han plockade upp en reparationssats. Den skulle duga, trodde han.
Niklas la ner reparationssatsen i korgen.
Tjugo kronor.

*

När Niklas kom ut ur affären med två stora papperskassar i händerna, såg han Ronny komma gående från Byggmax bredvid.
Ronny vinkade åt Niklas och ryckte sedan på axlarna. Tydligen hade han gått bet.
Niklas lyfte upp kassarna och skakade dem lätt för att gestikulera till Ronny att han hade haft bättre lycka.
De möttes halvvägs mellan de två affärerna.
– Beijer och Byggmax hade ju ingenting, men jag ser att du har hittat desto mer, sa Ronny. Hade de slang också eller bara toalettpapper?
– Slang till rollator hade de inte, bara till fullstora cyklar. Men jag hittade ett reparationskit. Det kanske duger.
– Bra, sa Ronny. Då åker vi och lagar Arnes rollator.
Tysken låg fortfarande och sussade i fosterställning i Volvons baksäte. Ronny fiskade upp bilnyckeln ur Michaels ficka och gick och satte sig i förarsätet.
– Borde vi inte knäppa fast Michael i bilbältet? undrade Niklas efter att han hade ställt kassarna i bagageutrymmet.
Ronny sa ingenting, men startade inte motorn heller.
Niklas öppnade dörren till baksätet och krånglade på tysken bilbältet så gott det gick.
Michael muttrade men lät sig spännas fast.

24

Ronny parkerade tyskens V70 Classic utanför seniorboendet. Han prickade rutan bredvid Camillas Renault Zoe. Michael vaknade när Ronny stängde av motorn. Han gnuggade sig i ögonen.

– Wo sind wir? sa han.

– Das ist das penschishemmet, sa Ronny. Upp och hoppa med dig, din gamle skojare.

De gick mot den uppställda dörren till huvudbyggnaden i tegel. Resterna av nattens regnoväder hade börjat torka upp även där. Det var bara vatten kvar i några pölar i groparna i den slitna asfalten.

Innanför dörren luktade det havregrynsgröt och kaffe. De gick in i en korridor i byggnaden. Väggarna var klädda med någon form av strukturtapet som var målad i ljusgult. Golvet var ett ljusgrått linoleumgolv med små mörkgrå ränder så det skulle se mer levande ut.

I slutet av korridoren blev doften av gröt och kaffe starkare. De kom in i en matsal med fem runda bord. Runt borden satt ett antal av de äldre och åt frukost. Vid bordet längst in satt Camilla tillsammans med tre tanter.

Bredvid Camilla, på golvet, satt Våfflan och tiggde.

– Våfflan, ropade Niklas!

Hunden tittade på honom och viftade på svansen. Men hon kom inte för att möta honom.

Camilla sken upp.

– Där är ni! sa hon och steg upp ur sin stol. Hur har det gått?

Utan att vänta på svar gick hon fram till de tre männen. Våfflan satt fortfarande kvar vid bordet och tittade trånande på tanten som var närmast. Den gamla damen smög ner en bit knäckebröd med en rejäl klick smör till hunden.

– Kom, vi går till personalrummet, sa Camilla. Hon vände sig om mot de andra två med ljusblå personalskjortor.

– Kalle och Kajsa, jag går av mitt pass nu.

Camilla tog Ronny under armen och förde honom till pumptermosen som stod på ett bord bredvid disken med frukostmaten.

– Ta var sin kopp kaffe först, sa hon.

De tre männen hällde upp varsin kopp kaffe i vita porslinsmuggar. Därefter visade Camilla dem vägen till personalrummet som låg bakom en dörr i korridoren de precis hade gått igenom. Hon tittade på Niklas som såg frågande ut.

– Våfflan kommer knappast. Hon har det för bra där med alla tanterna. Du behöver nog inte mata henne så mycket mer idag.

De gick in till personalrummet och Camilla pekade på en brun soffa i manchestertyg.

– Sätt er där, nu vill jag höra allt! Hur är det med Arne? Och var är Agneta?

– Jodå, det är helt OK med Arne och Agneta, sa Ronny när han hade satt sig i soffan. Var ska vi börja?

Ronny berättade sedan om jourläkaren Janet, om blodproppen och p-pillren, och om Rolfs misstänkta inblandning i det hela. Camilla lyssnade och skakade på huvudet.

– Så, sa hon sedan När får de komma hem då?

– Det vet jag inte, sa Ronny. Men vi ska i alla fall reparera Arnes rollator nu så han inte behöver Rolfs, öh, alternativmedicinska tjänster framöver.

– Gör det, sa Camilla. Jag går hem och knyter mig i några timmar mer. tittar förbi senare.

*

De hade hämtat Arnes rollator utanför radhuset och tagit den till lagret på Ronnys el- och lampaffär där Ronny hade en liten arbetsbänk och bra lysrörsbelysning. Våfflan hade motvilligt gått med på att följa med efter att Niklas hade visat henne det storpack med ben som han hade köpt på Dollarstore.

Efter lite krångel med att kränga av det trasiga däcket på rollatorn hade arbetet gått som smort. Det visade sig att tysken hade ägt många gamla cyklar under sin studietid i Hamburg och att han minsann hade lappat trasig slang flera gånger om, även om det var några år sedan vid det här laget.

Efter en dryg timme var rollatordäcket både lappat, pumpat och provkört. Det var förvånansvärt bekvämt att gå runt i verkstan med en rollator framför sig som stöd, tyckte Niklas.

Niklas, Ronny och Michael satte sig på trappan utanför el- och lampaffären med varsin välförtjänt kopp Starbucks Lungo House Blend. Molnen hade skingrat sig och solen stod redan högt på himlen. Det var inte speciellt varmt, men inte kallt heller.

– Lagom, sa tysken. Das ist lagom Temperatur, nicht?

Ronny gick in i affären och kom ut igen med en Bluetooth-högtalare i originalförpackning i handen. Inom några minuter ekade musikalen Hair på hög volym.

Welcome, sulfur dioxide
Hello, carbon monoxide
The air, the air is everywhere.

De tre kamraterna sjöng med. Våfflan åt på sitt andra ben.

Längre ned längs med vägen såg de Eva och Guije komma gående mot el- och lampaffären. Guije bar på två papperskassar.

Det verkade bli bánh mì igen.

*

– Jag pratade precis med Agneta, sa Eva när Guije och hon hade kommit fram till de andra.

Guije delade ut de vietnamesiska baguetterna.

– Vad sa hon? sa Ronny.
– Hon lät lättad. De ville ha Arne under uppsikt i ett dygn, men han ska få komma hem imorgon igen.
– Vilken lättnad!
De tuggade på sina baguetter till musiken.

Ain't got no home, so, ain't got no shoes, poor
Ain't got no money, honey, ain't got no class, common
Ain't got no scarf, hot, ain't got no gloves, cold
Ain't got no bed, beat, ain't got no pot, busted
Ain't got no faith, Catholic

– Den här musikalen påminner mig alltid om min pappa, sa Guije sedan.
Niklas tittade frågande på henne.
– Operation Frequent Wind, sa Guije. Våren 1975.
– Min pappa och tusentals andra trängdes för att komma ombord på helikoptrarna som lämnade den amerikanska ambassaden i Saigon. Men det var lönlöst. När den sista helikoptern lämnade ambassadbyggnadens tak tidigt på morgonen den 30 april 1975 fick han helt enkelt springa så fort och så långt bort han kunde innan folkarmén stormade stället.
– Hur tog han sig hit sen? undrade Ronny.
– På omvägar. Han gömde sig i södra Vietnam några år, men fler och fler sydvietnameser hamnade i fångläger för samröre med amerikanerna. Det var inte så noga vilket slags samröre det rörde sig om. Och det var nog en tidsfråga innan de skulle plocka honom också. Han hade varit kock på ambassaden ett tag. Det skulle nog ha varit tillräcklig anledning för att sätta honom i läger.
Guije suckade.

– Pappa lyckades ta sig via Malaysia till Singapore. Med båt som de flesta andra. 1979 kom han till Sverige, men han berättade aldrig hur.

Guije petade undan en mörk hårlock som hade fallit ner över pannan innan hon fortsatte:

– De flesta hamnade i USA. Den svenska regeringen var motvillig till en början. Det var andra tider. Jag tror Hans Blix hade ett finger med i spelet, ni vet han som fick i uppgift att hitta massförstörelsevapen i Irak många år senare.

De åt upp baguetterna utan att säga så mycket mer. Musiken flödade ur högtalaren.

Got my guts
Got my muscles
I got life
Life
Life
Life
Life
Life!

*

Klockan hade blivit sen eftermiddag när Våfflan, Michael och Niklas kom tillbaka till huset. Niklas ställde in sina inköp från Dollarstore i diverse skåp. Den stora förpackningen med toalettpapper lämnade han på golvet i hallen. Michael gick till gästhuset och packade ihop sina grejer så han skulle vara redo för avfärd mot Rødby tidigt på söndag morgon.

Niklas satte sig i soffan och tog upp telefonen. Det var ett tag sedan han hade snappat med döttrarna och flera dagar sedan han hade pratat med Johanna. För att inte tala om hur länge sedan det var som han hade gjort sina övningar i spanska.

Han startade Snapchat och tog en bild på Våfflan som hade lagt sig på mattan bredvid soffan. Han skickade bilden till döttrarna.

Han bläddrade sedan ner i listan med de senaste samtalen, hittade ICE1 efter alla samtal från Ronny och tryckte för att ringa upp.

– Hej du, sa Johanna. Jag undrade när du skulle ringa. Hur har du det? Har du städat huset och är redo att komma hem?

– Nä, alltså ... jag har inte hunnit med riktigt.

– Är det så mycket att göra? undrade Johanna. Du har ju haft en hel vecka på dig!

– Mycket och mycket, sa Niklas och drog ett djupt andetag. Du skulle bara veta allt som har hänt här i veckan. Det blev lite andra prioriteringar, kanske man kan säga.

De var båda tysta en stund.

– Det ante mig, sa Johanna sedan.

De var båda tysta en stund till.

– Så ... hade du tänkt komma hem på söndag? frågade Johanna sedan.

– Öh, sa Niklas.

– ... för jag sitter här med datorn och tittar på busstidtabellen, fortsatte Johanna. Det går ingen direktbuss på lördagar, men jag kan åka med Flix halv åtta och vara framme i Kalmar halv två. Du behöver inte hämta mig, jag tar lokalbussen den sista sträckan.

Niklas log och klappade Våfflan.

– Bra, sa han sedan. Då får du träffa mina nya kamrater.

De la på. Niklas tittade på telefonen. Det var förvisso börsveckans sista dag, men han hade ingen lust att kolla aktiekurserna hos Avanza.

Precis när han skulle läsa Lars Wilderängs blogg kom Michael in i huset.

– Alles ist klar! sa han och kom och satte sig i soffan. Wie wär's mit Terminator Fünf gucken?

Michael pekade på teveapparaten och lyfte sedan upp den andra handen för att visa att han hade en flaska i den.

– Und in der Zelttasche fand ich eine Flasche Apfelschnaps!

Niklas satte på teveapparaten och hämtade sedan två glas ur skåpet.

De hann nästan se hela Terminator fem innan tysken somnade i soffan.

LÖRDAG

25

Klockan var efter nio när Niklas vaknade. Eftersom det var lördag hade klockradion i telefonen inte gått igång och väckt honom. Bland notiserna högst upp på mobilskärmen pockade den spanska språkkursen, robotgräsklipparen Rosa och ett antal nyhetsappar på hans uppmärksamhet, men Niklas hade ingen lust att veta var någonstans som Rosa hade fastnat eller hur långt ner i rankingen han hade hamnat i sin onlinekurs i spanska. Han läste rubrikraden från Expressen. Tydligen hade den ukrainska armén gjort framsteg på den södra fronten. Det skulle han läsa till morgonkaffet.

När Niklas släppte ut Våfflan i trädgården några minuter senare öppnades dörren till gästhuset och Michael klev ut i bara kalsongerna. Han sträckte på sig.

– Guten Morgen, sa Niklas. Ich muss mit dem Hund spazieren gehen. Vill du följa med?

– Jawohl! sa Michael och gick in och drog på sig sina byxor och en gul tröja som det stod Echte Liebe på. Det var något slags fotbollströja.

De tog smitvägen bakom grannens lada. Niklas varnade Michael för elstängslet.

– Achtung, Elektrizität!

Både han och tysken klarade sig helskinnade över de strömförande trådarna. Niklas lyfte på den nedersta tråden som vanligt så Våfflan kunde passera utan att svansen tog i.

Det var inte speciellt varmt ute trots att det inte blåste och trots att det var molnfritt. Gräset bakom grannens lada var fuktigt av dagg. Det var grönare än tidigare under sommaren, tyckte Niklas, eller så inbillade han sig bara.

Högsommaren var sannerligen över.

Niklas visade Michael den vanliga rundan förbi enbuskarna och ner till vattnet. Våfflan letade efter kaninen, som kanske var en hare, men den syntes inte till. På badstranden hade mer tång flutit iland och det luktade hav efter storm, inte kvalmigt och ruttet, mer som salt fisk.

Vid bryggan gick Niklas fram och kollade termometern. Ovädret hade sänkt vattentemperaturen till nitton grader. Det var förvisso fortfarande badbart, men eftersom Våfflan inte verkade vara på humör för att hämta boll i plurret, så lät Niklas och Michael bli att bada, de också.

När de gick hemåt längs med oljegrusvägen ringde det i Niklas telefon. Det var Ronny.
– Ahoj kapten! sa Ronny.
– Tjena.
– Idag blir det fest! sa Ronny sedan.
– Jaså, varför då?
– Jo, förstår du, sa Ronny. Jag har precis pratat med den där läkaren på lasarettet. Janet Jackson eller vad hon nu heter. Arne och Agneta kommer hem med färdtjänst i eftermiddag. Allt är fina fisken!
– Det var kul att höra! sa Niklas.
– Jo så att, sa Ronny i andra änden. Camilla och Eva har pratat med Kerstin, och med Kalle och Kajsa, du vet de där som ordnade bingokvällen här om dagen. De tre håller på att ställa i ordning på hembygdsgården just nu. Och Kerstin har lovat plocka ihop lite av gårdagens smörgåstårtor i affären. Själv har jag nog en back eller två med lättöl någonstans.

Det blev tyst i luren en stund.

– Så kommer ni, tysken och du? Vi behöver ju överlämna rollatorn!

Niklas tittade på Michael och sedan tillbaka på luren.

– Javisst, det är klart vi kommer! Vilken tid blir det? Johanna kommer med bussen framåt tretiden. Det är min fru alltså.

– Kom när ni hinner. Jag cyklar dit efter lunch. Härligt med Johanna! So long!

Ronny la på innan Niklas hann säga något mer.

26

De hade precis klivit ur Michaels Volvo utanför hembygdsgården när Niklas telefon ringde. Det var Johanna.
– Hej älskling, sa Niklas. Hur långt har du kommit?
– Hej! sa Johanna. Jag har precis stigit av bussen i Kalmar. Jag går och köper en macka på Pressbyrån så tar jag hundraettan sen. Den går om en kvart.
– Bra, åk hela vägen till byn så kommer Våfflan och jag och möter dig vid affären sedan. Du kommer precis lagom till festen i hembygdsgården.

Niklas förklarade att en pensionär vid namn Arne skulle få komma hem från sjukhuset och att han skulle firas. Det fanns mycket att berätta, men hon skulle få höra alla detaljer när hon väl hade kommit fram.

– Du verkar då sannerligen ha skaffat dig nya vänner, sa Johanna. Men nu måste jag lägga på om jag ska hinna till Pressbyrån. Ses snart, lilla gubben!

De la på.

*

Inne på hembygdsgården var förberedelserna i full gång. Kalle och Kajsa höll på med att hänga upp färgglada flaggspel i taket. Det såg främst ut att vara signalflaggor, men Niklas visste inte så noga. Något sjöfartsrelaterat var det, så mycket visste han.

Camilla och Eva hade ordnat med ett långbord mitt i lokalen och var nu i full färd med att rulla ut en bordsduk i papper över bordet.

Vid väggen längst in stod Kerstin och Rolf och packade upp engångstallrikar och pappmuggar med kräftmotiv ur ett antal papperskassar som stod på golvet.

Det ska nog bli en skaplig buffé, tänkte Niklas.

– Där är ni! ropade Ronny från dörröppningen in till det lilla pentryt. Han hade en av sina Bluetooth-högtalare i vänsterhanden och hade lyft den högra handen till hälsning.

Michael, Våfflan och Niklas gick Ronny till mötes.

– Hjälp mig med backarna, sa Ronny när de kom fram till pentryt där Guije stod och plockade smörgåstårtor ur några kartonger.

– Ett ögonblick bara, sa Niklas. Jag ska bara ställa in den här på toaletten.

Niklas nickade mot förpackningen med tjugofyra toalettpappersrullar som han höll under armen.

– Michael, sa Ronny sedan. Ich habe Zuckerdricka gefunnen im das Lager. Zwanzig Flasche prima vara!

Ronny pekade på några backar som stod på golvet i pentryt. Michael sken upp och gick fram och gav Ronny en kram.

– Du wunderbarer Schwede!

*

När klockan närmade sig tre var lokalen redan full med folk. De två tanterna som Niklas och Våfflan hade sett på håll under en av sina promenader i kohagen tidigare i veckan hade kommit tillsammans i sällskap av sina hundar, en tax och en larmhund som inte alls var en bichon frisée utan en bichon havanais. Efter några minuters tillvänjning, med mycket skällande från de mindre hundarnas håll och lite morrande från Våfflans, hade de tre hundarna hittat sina platser i hierarkin i den nya flocken. De sprang nu runt i lokalen och var allmänt i vägen.

Gudrun från restaurangen hade anlänt ensam med en låda färdigstekt schnitzel, och en annan låda med färdigskuren citron, i famnen. I fickan på förklädet hade hon därutöver tre burkar ansjovis.

– Jag satt upp en lapp på dörren till restaurangen och meddelade att serveringen är tillfälligt stängd, sa Gudrun när hon ställde ner grejerna på den lilla bänken i pentryt.

Gudrun såg sig om i lokalen.

– Vet inte vem som skulle komma dit ändå då alla verkar vara här.

Efter ett tag gjorde bilmekanikern Totte entré i sällskap av Hasse från campingen.

– Nu blir det livat, viskade Ronny till Niklas och pekade lite halvt i smyg på Hasse. Det där är Camillas ex-man, Hasse. Undrar vad Camilla säger nu.

Camilla verkade dock inte bry sig märkbart av att hennes ex-man stigit in i lokalen. Dessutom hade han en stor aluminiumkastrull i nävarna med nykokt potatis, vilken skulle komma väl till pass. Totte tog kastrullen och gick med den till pentryt.

När alla gubbar och tanter från seniorboendet hade kommit började det bli klart för hemkomstfest. Nu saknades bara huvudpersonen med fru. Och Niklas fru Johanna förstås.

– Det har knappast varit så här mycket folk här sen farfar Oskars begravningskaffe, sa Ronny.

*

Kvart över tre rullade buss 101 in och stannade vid busshållplatsen intill mataffärens kundparkering. Våfflan och Niklas stod redan och väntade då dörrarna öppnades med ett lätt pysande och Johanna klev ut. Våfflan blev utom sig av iver när hon såg vem det var som hade kommit. Niklas hjärta slog lite snabbare och hårdare än vanligt. Han och Johanna kramades länge.

När de gick mot hembygdsgården tillsammans, hand i hand, såg Niklas att färdtjänsten verkade ha anlänt. Det var lite svårt att avgöra säkert, eftersom de fortfarande hade en bra bit kvar innan de var framme, men en gul minibuss av någon större modell stod i alla fall prydligt parkerad vid huset. Bredvid den gula minibussen stod en äldre man, som Niklas trodde var Arne, eftersom mannen stod och inspekterade den nyservade rollatorn på parkeringen tillsammans med någon som helt säkert var Ronny. Den äldre mannen såg nöjd ut. En äldre dam, som måste ha varit Agneta, skrattade glatt bredvid. Hon höll ett avlångt föremål i handen. Det såg inte ut som en käpp i ädelträ.

Någon, som kanske var bilmekanikern Totte, höll på att rulla ut en låda på en pirra nerför rampen vid ingången till hembygdsgården. Det var inte helt enkelt att se vad som stod på lådan, men bilden ovanför texten på lådan liknade i alla fall en duva, tyckte Niklas. När de kom närmare kunde han även urskilja texten.

Scandinavian Seaways.

– Har du sett Terminator 6? frågade Niklas sedan. Jag tror Agneta därborta har ett likadant hagelgevär i handen som Arnold.

Johanna skakade på huvudet, vände sig mot honom och log.

– Finns det så många av de filmerna? Om du verkligen vill så kan vi se den ikväll. Men jag kanske somnar i soffan.

– Om inte Michaels snarkande väcker dig, sa Niklas.

Johanna fnissade. Sen gav hon sin man en kindpuss.

*

När de bara hade ett femtiotal meter kvar till hembygdsgården uppfattade Niklas musik som strömmade ur vad som måste ha varit Ronnys Bluetooth-högtalare. Högtalaren stod på ett plastbord mitt på hembygdsgårdens parkering. Tysken stod bredvid med händerna över huvudet och dansade i takt till eurodiscomusiken. Den gula fotbollströjan sken som en citron i sensommarsolen.

Hörst du mich?
Hörst du mich?

När Niklas, Johanna och Våfflan sneddade över vägen, fick Michael syn på dem och började vinka. Strax därefter hördes ett svusch och kort därefter small ett skott av. Niklas vände sig mot smällen och såg att det avlånga föremålet som Agneta höll mot sin axel verkligen var ett gevär. Agneta spanade mot skyn. Niklas höjde blicken och hann precis se en lerduva pulveriseras någonstans ovanför det lilla skogspartiet bakom hembygdsgården.

– Jag verkar ha det i mig fortfarande, kraxade Agneta när resterna av lerduvan ramlade ner bland granarna.

Nu var de så nära att Niklas kunde uppfatta texten till musiken.

Blümchen, det var inte igår, tänkte Niklas och kramade om Johannas hand.

Herz an Herz hörst du mich
S.O.S. ich liebe dich
Ich und du immerzu
Du und ich
Herz an Herz Tag und Nacht
Immerzu daran gedacht
Bist du auch so verliebt wie ich?

Echte Liebe. Jetzt auch als lagom wunderbare Playlist.

Milton Keynes UK
Ingram Content Group UK Ltd.
UKHW010018030424
440481UK00001B/14